KB153603

# 고백은 없다

THE RAG AND BONE SHOP
by Robert Cormier

THE RAG AND BONE SHOP

로버트 코마이어 글
조영학 옮김

# 고백은 없다

차례

1부
7

2부
15

3부
139

옮긴이의 말
151

# 1부

# 1

"기분이 나아진 것 같나?"

"그런 것 같아요. 아무튼 두통은 없어졌네요. 관계가 있는 건가요?"

"어쩌면. 고해가 원래 영혼의 약이라잖아. 하지만 두통까지 없애 주는 줄은 몰랐다."

"이제 미안하다고 말해야 하는 건가요?"

"자백했다는 사실만으로도 많이 슬퍼한다는 얘기가 돼."

"그거면 돼요?"

"너한테 달렸다, 칼. 물론 그렇다고 잘못을 돌이킬 수야 없겠지."

"알아요. 사람들이 죽었으니까요. 떠난 사람을 되살릴 수야 없겠죠. 하지만…… 용서받을 수는 있겠죠?"

"모르겠다. 난 목사가 아니야."

"하지만 형사님한테 고해한 거잖아요."

"그래. 그렇다고 내가 죄를 사해 줄 수는 없어."

침묵.

"경찰이 오나요?"

"지금 밖에서 기다리고 있다."

트렌트는 녹음기를 끄고, 의자에 기대앉아 손가락으로 관자놀이를 주물렀다. 조용한 사무실에 칼 시튼의 목소리가 메아리쳤다. 참회와 후회로 가득한 목소리. 교활함 같은 건 더 이상 느껴지지 않았다. 트렌트는 네 시간이나 그와 마주 앉아 있었다. 그것도 머리 위에서 100와트짜리 전구가 신경질적인 불빛을 토해 내는 좁고 현기증 나는 방에서 말이다. 가혹한 질문과 대답, 핑계와 합리화, 유죄 인정(그건 고해와는 다르다.) 그리고 최후의 자백까지.

언젠가 신문 헤드라인에서 선포했듯이 '트렌트 마술'이 작동한 셈이지만 정작 트렌트는 마술도 짜릿한 성취감도 느끼지 못했다. 칼 시튼의 고백 성사가 너무 부담스러웠던 걸까? 칼의 자백을 이끌어 낸 덕에(트렌트 형사의 마력에 사로잡혔노라.) 트렌트는 그가 저지른 세 건의 살인에 대해 들어야 했다. 모두 냉혹하고 치밀한 살인이었다. 희생자는 35세 여인, 그녀의 37세 남편 그리고 열 살배기 아들이었다. 물론 칼이 세 사람의 나이를 알지는 못했다.

여섯 달 전 겨울, 우유처럼 새하얀 어느 새벽, 칼은 애런과 뮤리

엘 스톤의 평범한 이층집에 침입했다. 지하실에 소장해 두었다는 권총 몇 자루가 탐나서였다. 사실 총에 대해 아는 거라곤, 두 손으로 총을 쥐었을 때의 짜릿한 쾌감과 그에 따른 자신감 정도에 불과했다. 칼 시튼은 지하실 창문을 깨뜨렸다. 소음 따위는 개의치 않았다. 가족이 모두 휴가를 떠난 데다 경보 장치도 없다는 정보 정도는 입수해 두었다.

무기 진열장에는 조그만 권총 세 자루가 고작이었다. 권총은 모두 장전되어 있었다. 그건 맘에 들었다. 그는 집을 조금 더 뒤지기로 했다. 장물을 어떻게 처리하는지에 대해 아는 바는 없지만, 그래도 뭔가 값어치 있는 물건을 찾아내면 기분은 좋을 것이다. 그때 2층에서 소리가 들렸다. 그는 조심스럽게 계단 쪽으로 움직였다. 복도에 카펫이 깔린 덕에 운동화도 입을 다물었다. 위층에 올라가 보니 놀랍게도 침실에 남녀가 잠들어 있는 것이 아닌가! 여자가 조금 몸을 뒤척이자 침대보가 벗겨져 나갔다. 짙고 아름다운 눈썹. 남편은 똑바로 누워 입을 벌린 채 가볍게 코를 골고 있었다. 칼은 손에 든 총을 의식했다. 왠지, 신이라도 된 기분이었다. 그는 무방비로 노출된 두 사람을 내려다보며, 원한다면 무슨 짓이든 할 수 있겠다는 생각을 했다. 지금 두 사람의 목숨은 온전히 그의 것이었다. 여자의 파란 나이트가운을 벗기면 어떤 모습일까도 궁금했다. 그냥 그렇게 서서 권력을 낭비하고 싶지는 않았다. 그건 모처럼의 즐거움을 망치는 짓이다. 그는 총을 들어 두 사람을 쏘았다. 먼저 남자. 총알은 담요와, 공기를 품어 불룩해진 녹색의 얇은 침대보자락을 꿰뚫어 버렸다. 총소리는 생각보다 크지 않았다. 여자가 화들짝 놀라 두 눈을 왕방울만 하게 떴다. 그는 그녀의 입을 향해 방아쇠를 당겼다. 용솟음치는 피도, 극한의 공포로 차갑게 얼어 버린 눈빛도 신기하기만 했다.

집에 다른 사람도 있을까? 그렇다면 총소리를 들었을 텐데? 그는 복도로 나가 맨 끝 방의 문을 열었다. 보트처럼 생긴 침대에, 앞머리를 이마 위로 단정하게 깎은 사내아이가 잠들어 있었다. 아이의 눈썹이 파르르 떨렸다. 칼은 아이를 쏠지 조금 고민했지만, 차라리 죽는 게 아이한테도 낫겠다는 생각이 들었다. 기껏 잠에서 깨었는데 엄마 아빠가 죽었다면 심정이 어떻겠는가? 칼은 아이를 쐈다. 친절과 배려에서 비롯된 행동인지라 기분도 좋았다. 그는 고개를 끄덕였다.

칼 시튼은 살인 행위를 정말로 열심히 고백했다. 자신을 멸망으로 이끌게 될 세세한 정보를 제공하는 일이 너무나 기꺼워, 목소리는 만족감으로 잔뜩 들뜨기까지 했다. 자기 행위의 의미를 깨달은 범죄자들에게 종종 나타나는 현상이다.

취조 중에야 당연히 공감과 동정을 가장했으나, 트렌트가 칼 시튼에게 느낀 감정은 경멸뿐이었다. 연기는 피의자 심문의 단면에 불과하다. 그 순간 일말의 동정이라도 느꼈다면 그건 칼 시튼의 부모를 향한 것이리라. 칼은 이제 열일곱이니 말이다.

트렌트는 턱이 아려 오기 시작했다. 두통 때문에 고생한 적은 없지만 통증은 늘 이런 식으로 턱선을 괴롭혔다. 웃기는 노릇이지만 사실이다. 취조가 끝난 뒤면 예외 없이 형벌 같은 고통이 찾아 들었다. 형벌이라니? *나는 그냥 할 일을 하는 것뿐인걸.* 바로 그게 문제야, 하고 로티는 말했었다.

이제 또 한 번의 성취여야 할 칼 시튼의 고백이, 당연한 승리감마저 주지 못하는 이유를 인정하기로 했다. 그의 얘기를 들어 줄 로티가 존재하지 않기 때문이다. 그녀가 결국에는 귀를 닫아 버렸다는 것은 알고 있다. 그래도 그녀는 언제나 그곳에서 그를 기다리고 있었다. 그 자리를 채워 주지 못한 건 바로 자신이었다.

통증이 심해져 와서 그는 턱을 조금 움직거려 보았다. 진통제가 책상 서랍에 있지만 먹고 싶지는 않았다. 어쩌면 벌을 받는 게 당연할 수도 있겠다. 로티를 생각해 보면.

그는 카세트테이프와 녹음기를 옆으로 치웠다. 책상을 정리한 다음, 내일 일정까지 점검했다. 이제 집에 갈 시간이다. 로티의 유령만이 홀로 남아 떠도는 텅 빈 집구석. 그렇다고 달리 갈 데도 없지 않은가?

# 2부

# 1

6월의 마지막 금요일, 학기는 끝났고 마뉴먼트 중학교는 여름방학에 접어들었다. 하지만 제이슨 도런트에게 진정한 방학은 오늘, 월요일부터였다. 주말에 학교에 가 본 적이 없기에 주말은 아예 셈에 넣지 않았다.

오늘 아침엔 늦잠을 잘 생각이었지만 마치 알람이라도 울린 듯 두 눈이 화들짝 떠지고 말았다. 디지털시계는 6:32를 찍었다. 제이슨은 여유롭게 기지개를 켰다. 한가로운 여름방학에 생각이 이르자 저절로 미소가 떠올랐다. 사실 한가롭기만 한 건 아니다. 당장 다음 주부터 여름 캠프가 시작된다. 하지만 앞으로 두 달 동안 수업도 숙제도 없는 것만은 사실이다.

솔직하게 말해서 마뉴먼트 중학교에서 보낸 한 해는 썩 괜찮았다. 머리보다는 운이 좋아서라고 여겼지만, 두 번째 시험에서는 난

생처음 우등생 명단에 오르기도 했다. 2학년이 끝난 것도 기뻤다. 3학년은 더 쉬웠으면 하는 바람이지만 솔직히 그럴 것 같지는 않았다. 그는 성적 때문에 늘 전전긍긍하는 편이다. 다른 아이들을 보면 별다른 고민 없이 좋은 점수를 받고, 수업 시간에 대답도 잘하고 손도 번쩍번쩍 잘만 드는 것 같은데, 제이슨은 대답을 알고 있을 때마저 수줍어서 머뭇거렸다. 관심의 중심에 서고 싶은 생각은 손톱만큼도 없었다. 행여 그렇게 되는 날엔 뜨거운 피가 두 뺨을 붉게 물들이고 심장도 미친 듯이 요동칠 게 뻔했다.

어쨌거나 앞으로 두 달간은 학교 일정이 없다. 제이슨은 한숨을 내쉬며 두 다리를 다시 한 번 스트레칭 한 다음 얇은 담요를 걷어 차 냈다. 여름 캠프가 놀러 가는 게 아니라는 건 알지만 어쨌든 수업이나 필기 시험은 없다. 새로운 아이들과 쌈박한 새 출발을 할 수도 있다. 옛 친구들이여, 특히 내 인생을 처참하게 만든 인간들이여, 바이 바이! 아이들이 잔인하거나 비열한 건 아니었다. 특별히 그를 놀리거나 괴롭힌 적도 없다. 대개 아이들은 제이슨을 무시했다. 놀이나 활동에 끼워 주겠다는 권유를 받아 본 적도 거의 없었다. 학교 식당에서도 늘 혼자였지만, 아이들과 함께 앉을 때도 외롭기는 마찬가지였다. 애들은 얘기를 걸지도 의견을 묻지도 않았다. 어쩔 수 없는 상황에서 마주친다 해도, 그들은 그를 건성으로 대하고 얼른 다른 곳으로 관심을 돌려 버리곤 했다.

제이슨은 어린애들과 노는 걸 더 좋아했다. 그 애들은 적어도 그에게 관심을 기울이고, 얘기를 들어 주고, 농담을 하면 웃어 주기도 했다. 여동생 에마와도 잘 지냈다. 이제 여덟 살인 동생은 그의 뒤를 졸졸 쫓아다녔다. 쉬는 시간이면 운동장 반대쪽으로 건너가 초등학교 2, 3학년 애들이 노는 모습을 지켜보았다. 아이들이 노는 모습은 보기 좋다. 특히 난쟁이 어른들처럼 진지하게 놀이에 임하는 모습이 맘에 들었다. 그는 아이들을 그네에 태워 주고 에마와 숨바꼭질을 했다. 솔직히 말하면 에마가 오빠보다 더 영민했다. 그 애는 일주일에 두세 권씩 책을 읽지만 제이슨은 한 권 갖고도 쩔쩔맨다. 지금 읽는 스티븐 킹의 신작 소설도 재미는 있지만 진도는 영 빵점이었다. 에마는 글재주도 제법이어서, 작년에는 수필 대회에서 장원을 먹기도 했다. '오른쪽과 국경일'이라고 제목을 붙인 에세이는, 지난 몇 년간 국경일이 어떻게 변했는지 다루었는데, 에마는 제목의 '오른쪽'이 어떻게 '옳은 쪽'과 동음이의어(이른바 언어유희)를 이루게 되는지 열심히 설명해 나갔다. 에마의 장점은, 그를 바보로 만드는 대신 그가 지식을 공유하고 자랑스럽게 여기도록 배려한다는 것이다.

침대를 빠져나오는데 침실 옆 욕실에서 샤워 소리가 들렸다. 엄마는 늘 일찍 일어나지만, 먼저 블랙커피 한 잔을 마시고 샤워까지 마치고 나서야 정신을 차렸다. 에마도 일찍 일어나 침대에 누운 채 한두 시간 책을 읽었다. 아빠는 사업 때문에 멀리 네브래스카 주의 링컨에 가 있었고 사흘 뒤에 돌아온다고 했다. 미식축구라면 사족을 못 쓰는 아빠는 뉴잉글랜드 패트리어트 시합의 시즌 티켓까지 구해 두었다. 제이슨도 이따금 아빠와 함께 구경을 가기는 했지만 서로 부딪치고 밀치는 스물두 명의 남자들에게 별다른 감정이 일지는 않았다. 그래도 아빠와 있는 게 좋았기에 축구를 즐기는 척하기는 했다. 패트리어트가 패하는 날엔 아빠는 정말로 슬퍼하고 당혹스러워했다. 엄마는 그런 날이면 아빠가 우울증에 걸려 지낸다며 싫은 티를 냈다.

제이슨은 침대가에 앉아 오늘 일과에 대해 생각해 보았다. 아침에는 엄마의 손님 자격으로 YMCA에 따라가, 엄마가 운동하는 동안 공짜 수영을 해야 한다. 점심은 집에 와서 먹고 그 후로는 자유시간이다. 엄마는 마뉴먼트 병원에서 자원봉사를 하고 에마는 킴 케임브리지네 집에서 하루 종일 놀 것이다. 그 집에 수영장이 있기 때문이다. 에마는 제이슨도 데려가겠다고 했으나 그는 모처럼 한가로운 오후를 마음대로 보내고 싶었다. 빈둥거리고, 자전거도 타고, 텔레비전을 보거나 스티븐 킹의 소설을 마저 읽을 수도 있겠다. 브래드 바틀릿도 자기 집 수영장에 와서 놀라고 했지만, 그가 초대한 이유는 단지 둘의 엄마가 이런저런 위원회에서 함께 활동하기 때문이었다. 게다가 정말로 장난이 심한 애라, 골탕을 먹이지는 않을까 신경 써야 하는 것도 싫었다. 그래도 그의 여동생 얼리셔는 좋아했다. 얼리셔는 직소 퍼즐의 대가인데, 그녀의 손이 움직이는 대로 그림이 나타나는 게 너무도 신기했다. 그래, 어쩌면 오후 늦게 그 애를 보러 갈 수도 있겠다. 그래도 수영복은 가져가지 않을 참이다.

아무튼 널널한 하루다. 수업도 없고 숙제도 없고 해야 할 집안

일도 없다. 그는 침대에 누워 기나긴 여름방학의 환상을 음미하고 또 음미했다.

# 2

일곱 살 얼리샤 바틀릿의 시신이 발견된 곳은 그녀의 집에서 불과 500미터 떨어진 숲 속이었다. 그녀는 엇갈리게 자라난 두 은행나무 밑동 사이에, 낙엽, 나뭇가지, 나무 부스러기 등으로 덮여 있었다. 첫 수색 때 시신을 발견하지 못한 것도 그 때문이었다.

범인이 누구든 간에, 그녀를 조심스럽게 다룬 것으로 보였다. 두 팔은 가지런히 접어 가슴 위에 올려놓고, 드레스도 무릎까지 당겨 놓았으며, 길고 검은 머리카락이 얼굴을 가리지 않도록 예쁘게 정리까지 해 주었다. 하지만 살인자는 그녀의 두 눈에 얼어붙은 공포와 경악까지 지울 수는 없었다. 토끼처럼 놀란 두 눈을 애써 감겨 주지도 않았다.

그녀의 시신은 저녁 무렵 두 번째 수색 중에 발견되었다. 한 자원봉사자가 나뭇잎 사이로 삐져나온 작고 하얀 샌들을 찾아냈다.

경찰의 추리를 믿어 보자면, 첫 번째와 두 번째 수색 사이에 들짐승이 찾아와 아이를 덮은 쓰레기들을 파헤쳤고 그래서 샌들이 노출된 것이다.

법의관은 머리 부상을 사인(死因)으로 꼽았다. 거칠고 뭉툭한 도구에 의한 가격이었다. 얼리셔는 관자놀이를 세게 얻어맞고 그 자리에서 즉사한 것으로 보였다. 무기는 발견되지 않았으며 강간이나 성적인 학대를 당하지도 않았다. 상처 부위의 출혈은 미미했다. 손톱 아래에서 핏자국이나 피부 조각 같은 것이 발견되지 않은 것으로 보아 살인자에게 저항한 것 같지도 않았다. 사망 시각은 대략 오후 5시 정도. 실종된 지 불과 한 시간도 채 안 된 시각이었다.

얼리셔가 마지막으로 목격된 건 자기 집 안뜰이고 목격자는 제이슨 도런트라는 열두 살짜리 이웃집 아이였다. 6월 29일 오후 4시경, 그러니까 4시 10분, 어머니가 쇼핑을 하고 돌아오기 불과 십분 전에 얼리셔는 누군가를 따라갔거나 유괴된 것으로 보였다.

얼리셔는 나이에 비해 체구가 작고 연약했다. 아이의 어머니는 그녀가 낯을 가리기 때문에 모르는 사람을 따라가지는 않았을 거라고 말했지만, 실제로는 지적인 데다 친절하고 외향적인 성격으로 보였다. 얼리셔는 너무나도 여성스러운 아이였다. 무더운 초여름 날씨에도 드레스를 고집했다. 엄마가 건네준 반바지와 짧은 민소매 티셔츠는 한사코 마다했다. 어머니도 녹색 민소매 드레스가 그렇게까지 더워 보이지는 않아 내버려 두기로 했다.

얼리셔는 부모인 노먼과 로라 바틀릿, 그리고 열세 살인 오빠 브래드와 함께 매사추세츠의 마뉴먼트 지역에 살았다. 일명 코브스 크릭이라는 곳인데 동네 변두리를 따라 흐르는 작은 개울 때문에 붙여진 이름이다. 처음에 수색 팀은 개울부터 뒤졌다. 대체로 깊이가 30센티미터도 안 되는 개울이고 한여름이면 거의 말라 버리기는 하지만, 발을 헛디딘 얼리셔가 바위에 머리를 찧고 의식을 잃어 익사했을 가능성도 있었다. 초기 수색 단계에서 아이의 시신을 찾지 못한 또 다른 이유라 하겠다.

수사의 총괄은 조지 브랙스턴 경위가 맡았다. 수사 첫날 해럴드 기번스 상원 의원이 경찰 본부에 나타났다. 고분고분하게 모실 수밖에 없었지만 상원 의원의 등장은 괜한 소란이요 민폐일 수밖에 없었다. 문제는 의원의 손자가 일곱 살배기 피해자와 같은 반 친구였다.

그렇지 않아도 브랙스턴의 신경을 긁는 일은 많았다. 마흔일곱 나이에 만성적인 긴장과 불면증이 겹쳐 집에서든 사무실에서든 잠을 못 이루는 것도 골치였다. 그는 자신의 일을 사랑했고 또 미워했다. 그 일을 사랑하는 건 좋은 일이라고 생각하기 때문이다. 지혜를 발휘해 범법자들을 감옥으로 보내는 일 아닌가? 그렇다고 그런 생각을 글로 써 본 적은 없다. 그 말이 얼마나 진부하게 들릴지 뻔히 아는 까닭이다. 그 일을 미워하는 건 바로 이런 사건들 때문이었다. 실마리도 단서도 물적 증거도 없는 사건……. 가뜩이나 부담스러울 만큼 대중에게 노출되고 까발려졌건만 언론의 개입과 기번스 상원 의원의 등장까지 더해져 더욱더 스포트라이트를 받게 된 것이다. 마지막 골칫거리는 지방 검사 앨빈 다크였다. 그는 아예 브랙스턴의 사무실에 진을 치고 24시간 안에 결정적인 결과를 내놓지 않으면 지휘권을 넘겨받겠다고 으름장을 놓았다.

브랙스턴은 사무실에서 밤을 새웠다. 딱히 갈 곳이 없기도 했다. 새벽이 되자 경위는 블라인드를 걷고 창문을 연 다음, 멍하니 황량하고 어두운 거리를 내다보았다. 짙은 먹구름이 도심의 건물들을 무겁게 짓누르고 있었다. 이렇게 이른 시각부터 포장도로에서 무럭무럭 피어오르는 열기가 눈에 보이지 않는 그을음처럼 피부로 느껴졌다. 잠을 못 이룬 지 벌써 스물네 시간이 지났다.

실마리도 단서도 결정적 증거도 없는 사건.

용의자는 있지만, 오늘 아침에 있을 심문의 결과부터 지켜볼 일이다.

# 3

제이슨 도런트도 얼리셔 바틀릿의 죽음이 믿기지 않기는 마찬가지였다. 더군다나 그냥 죽은 게 아니라 살인인 데다 또 맞아죽었다지 않는가! 세상에, 그런 나쁜 짓을 하는 사람이 있다니! 도무지 상상이 가지 않았다. 얼리셔는 착한 아이였다. 늘 꼬마 할머니처럼 차려입었고, 앞니가 약간 튀어나오고 두 뺨에 주근깨가 조금 많긴 했지만, 그건 그 애도 맘에 들어 하지 않았다.

턱이 파르르 떨리고 눈에 눈물이 차오르기 시작했다. 울고 싶지는 않았다. 오래전, 더는 울지 않겠다고 다짐했건만……. 아주 어릴 때는 툭하면 울었다. 밤에 무슨 소리만 들려도 강도가 침입했다며 울음을 터뜨리곤 했다. 훗날 학교에 들어간 뒤로 울음을 터뜨리는 버릇은 더 심해졌다. 숙제를 끝내지 못하거나 선생님이 답을 모르는 질문을 던지기만 해도 그냥 울음을 터뜨려 버렸다. 심지어 답을 알면서도 너무 무서워 손을 들지 못했을 때도 울었다. 정확하게 말해서 정말로 울었다고 할 수는 없겠으나 턱이 바들바들 떨리고 두 눈에 눈물이 가득 고였던 건 사실이다. 어떻게든 마음을 굳게 다지고 감정을 추슬러야 했지만 제대로 해낸 적은 별로 없었다.

그러다 보보 켈트와 싸운 이후로 모든 것이 달라졌다. 울지 않겠다고 다짐한 건 그때였다. 싸움을 하던 중이 아니라 하고 난 뒤의 결심이었다. 보보를 쓰러뜨린 건 싸움이라기보다는 그저 가볍게 툭 건드린 것에 지나지 않았다. 하지만 보보의 얼굴에 새겨진 놀라움과 두려움은 혼자 보기 아까울 정도였다.

사건의 내막은 이랬다. 학교 식당에서 줄을 서서 기다리는데 보보가 뒤에서 제이슨을 밀었다. 물론 제이슨이 돌아서서 그를 때려눕힌 이유가 그것만은 아니었다. 진짜 이유는 일 년 내내 보보의 악행을 지켜보았기 때문이라고 해야겠다. 교활한 장난들. 누군가에게 발을 걸고, 셔츠를 바지에서 잡아채고, 사물함 문을 세게 닫아 조니 모런의 손가락을 찧는 따위의 일들 말이다. 그런데도 아이들은 보보를 말리지 않고 내버려 두었다. 어쩌면 그의 비열한 장난을 제대로 의식하지 못했던 건지도 모르겠다. 하지만 제이슨의 관찰력은 스스로도 자랑스럽게 여길 만했다. 게다가 아웃사이더는 남들이 간과하는 일을 쉽게 잡아 내는 법이다. 제이슨은 보보의 가장 추악한 장난까지 알고 있었다. 이를테면 리베카 톨랜드 사건 같은…….

식당 사건이 있기 전날이었다. 새 교실을 찾아가던 중 제이슨은 보보 켈튼이 리베카 톨랜드에게 곧장 다가가는 장면을 목격했다. 그녀는 자기 사물함 옆에 서 있었다. 그가 몸으로 그녀를 밀어붙이더니 그녀의 귀에 무슨 말인가를 흘렸다. 리베카는 기가 막힌다는 표정으로 고개를 저었다. 보보는 물러서는 듯하더니, 갑자기 한 손을 내밀어 그녀의 가슴을 꼬집는 것이 아닌가! 아니, 아예 작은 유방을 비틀어 버리는 것처럼 보였다. 불과 몇 초 사이에 벌어진 일인 데다 다들 수업 시간에 쫓겨 바삐 오갔던 탓에, 그 광경을 목격한 사람은 아무도 없었다. 제이슨은 보보가 유유히 사라지는 모습을 지켜보았다. 리베카는 창백한 얼굴로 그 자리에 선 채 바들바들 떨기만 했다. 머지않아 예비 종소리가 울려 제이슨도 자리를 떴다. 어찌나 화가 났던지 심장이 다 쿵쿵 뛰었다. 보보 놈은 틀림없이 그 일마저 잊어버릴 것이다. 리베카도 그 일을 이르지 않을 거라고 생각했는데, 그 판단은 옳았다.

다음 날 보보가 뒤에서 제이슨을 밀었다. 식당에서 줄을 서고 있을 때였다. 제이슨도 홱 하고 몸을 돌려 보보를 밀었다. 두 손으로 가슴을 밀친 것이다. 보보는 놀란 표정으로 뒷걸음질 쳤다. 제이슨은 보보가 리베카와 다른 아이들에게 한 짓을 떠올리고는 주먹으로 한 방 갈기기까지 했는데, 그건 보보만큼이나 자신도 놀랄 일이었다. 보보의 콧구멍에서 코피가 터져 나왔다. 그는 벌렁 넘어져 엉덩방아를 찧더니 아프다며 징징거렸다.

보보가 코피를 닦아 내며 제이슨을 올려다보았다.

"왜 때려, 씨?"

그가 울부짖었다.

어린애처럼 보보의 턱이 파르르 떨렸다. 제이슨은 짜릿한 승리감에 취해 씩 웃어 보였다. 아이들이 보보를 간호실로 데려갔고 제이슨은 교장실로 불려 갔다. 그 후 두 시간 동안 그는 복도에 혼자 앉아서 기다렸다. 마침내 호바트 교장이 그를 교장실로 불러서 일장 연설을 했다. 폭력은 이러저러한 것을 의미하고 폭력으로는 문제를 해결할 수 없으며, 더욱이 이유 없는 폭력이야말로 가장 나쁜 짓이라는 등등의 얘기였다. 이유 없는 폭력? 처음 듣는 개념이지만 무슨 뜻인지는 알 수 있었다.

교장이 말했다.

"친구가 살짝 밀었다고 해서 그런 식의 보복이 정당화되는 건 아니다."

보보가 리베카 톨랜드에게 어떤 추잡한 짓을 했는지 고자질할 수는 없었다. 그래 봐야 리베카만 곤란해지고 말 것이다. 제이슨은 폭력과 복수의 부질없음에 대한 호바트 교장의 잔소리를 들으며 고개를 끄덕여 주었지만, 그러는 동안에도 너무나 행복했다. 뭔가 해낸 것이다. 마침내 감정을 행동으로 표현하는 데 성공한 것이다. 보보 켈튼을 패 코피까지 흘리게 만들지 않았는가! 그 후로 누군가를 때리게 될 것 같지는 않았지만 어쨌든 자신의 능력을 스스로에게 증명해 보였다. 그때 교장실에서 교장의 잔소리를 흘려들으며 다시는 울지 않겠다고 맹세했다. 보보 켈튼 사건과 울지 않는 것 사이에 어떤 상관관계가 있는지는 몰라도, 아무래도 좋았다.

그 사건으로 인생이 바뀐 건 아니다. 영화에서라면 리베카가 그의 품속으로 뛰어들었겠지만 현실에서 그런 일은 일어나지 않았다. 아니, 그녀는 언제나처럼 그를 외면했다. 그는 여전히 소심했고 수업 시간에 대답도 잘 못했다. 반 친구들이 하루 이틀 정도 별 희한한 놈 다 보겠다는 듯 눈총을 보내기는 했지만, 그렇다고 그 일을 거론하지도 않았고 환호를 보내거나 야료를 먹이지도 않았다. 보보는 그를 피해 다녔다. 제이슨은 식당에서 여전히 혼자 앉았고, 다른 아이들과 있을 때도 아무 말 하지 않았다. 이따금 또 한 명의 아웃사이더 대니 에디슨이 옆에 와서 앉기는 했으나 둘이 특별히 얘기를 나눈 적은 없었다.

아무튼 제이슨은 그날 이후로 한 번도 울지 않았다. 두 뺨에 눈물을 떨군 적도, 턱을 바르르 떤 적도 없었다. 적어도 조금 전까지는 그랬다. 하지만 지금 제이슨은 자기 방에 앉아 얼리셔 바틀릿의 비극을 되새기며 턱을 있는 대로 떨고 있었다.

에마가 방에 들어오고 있었다. 늘 그렇듯 노크는 없었다. 평소에는 노크를 빼먹었다고 핀잔을 주기도 했으나 지금만은 동생의 등장이 고맙기 짝이 없었다. 그는 마음을 가다듬고 턱의 경련도 가라앉혔다.

"얼리셔 바틀릿은 정말 안됐어. (잠시 침묵) 오빠, 괜찮아?"

그가 창밖을 내다보며 고개를 끄덕였다.

"그 애를 좋아했잖아, 응?"

제이슨이 다시 끄덕였다. 경찰차 한 대가 천천히 도로를 따라

올라오고 있었다. 그는 목을 빼고 차의 움직임을 지켜보았다.

에마가 물었다.

"직소 퍼즐 할 때 오빠가 많이 도와줬지?"

경찰차는 세 집 지나서 유턴을 했다.

"실제로 도와준 건 없어. 그 앤 워낙 퍼즐 도사였으니까. 하지만 좋아한 건 사실이야."

에마가 말했다.

"난 별로 안 좋아했어."

제이슨이 놀라서 돌아보았다. 얼리셔를 볼 때마다 에마를 떠올렸기 때문이다.

"오, 죽은 사람한테는 좋은 말을 해 줘야 한다는 건 알아. 하지만 갠 솔직히 밥맛이었어. 자기가 남보다 잘난 척하고 만날 드레스만 입고 다녔잖아. 일곱 살밖에 안 된 애가 말이야."

제이슨은 에마를 바라보았다. 왠지 한없이 낯설어 보였다. 어쩌면 그녀의 말이 맞을지도 모르겠다. 얼리셔는 가끔 그의 신경을 건드리기도 했다. 어떤 날은 시무룩해져서 한 마디도 하지 않으려 했고, 혼자 있고 싶다며 집에 가라고 한 적도 있었다. 하지만 대개는 그 아이의 숙녀 흉내가 귀여웠다. 게다가 그의 말에 열심히 귀 기울여 주기도 했다. 솔직히 말해서 다른 모든 사람을 더한 것보다 그 애한테 해 준 얘기가 더 많았다.

"그 애가 죽은 건 나도 안됐어. 그것도 그렇게 끔찍하게."

에마가 말했다.

"나도 그래."

제이슨이 대답했다.

"내가 나쁘다고 생각해? 그 애를 험담했다고?"

에마의 턱도 떨리려 했다. 억지로 감춘 눈물이 배어 나오기라도 했는지 두 눈도 갑자기 반짝였다.

"아냐."

제이슨이 얼른 대답했다. 또 울게 될까 봐 두려웠다.

초인종 소리를 들은 건 그때였다.

잠시 후 엄마가 문을 열었다. 엄마는 얼리셔 바틀릿의 살인 사건 때문에 경찰이 찾아왔다고 알려 주었다.

# 4

얼리셔 바틀릿이 죽기 전에 마지막으로 본 게 저라고요?

그래, 살인자를 빼면. 브랙스턴 경위가 재빨리 덧붙였다.

제이슨은 배를 얻어맞기라도 한 듯 움찔했다. 터치 풋볼(미식축구를 덜 위험하게 고친 경기/ 옮긴이)을 하다가 로드 피어슨과 충돌했을 때도 이렇게 숨을 못 쉰 적이 있었다. 그때도 지금처럼 열심히 숨을 헐떡이자 조금씩 진정되었다. 물론 지금은 그때처럼 바닥에 뻗어 질식해 죽을 것 같지는 않다.

형사의 검은 눈동자가 제이슨을 붙들고 놓아주지 않았다. 그의 얼굴은 마치 뒤통수에서 살갗을 잡아당긴 듯 팽팽했고 두 눈은 잔뜩 충혈되어 있었다. 제이슨의 어머니가 차를 내왔으나 그는 "죄송합니다, 도런트 부인, 시간이 없습니다. 제이슨과 잠시 얘기를 하고 싶군요." 하며 거절하고는, 제이슨 쪽으로 상체를 숙이며 "제이슨, 지금 넌 위험한 처지란다. 얼리셔를 찾아갔을 때의 상황을 자세히 얘기해 줘야겠다."라고 말했다.

후에 제이슨은 자신이 그날 오후의 상황을 정확하게 고백하지 않았음을 깨달았다. 거짓말을 했다는 뜻은 아니다. 그는 솔직했다. 형사의 쌍발총 같은 시선과 따발총 같은 질문에 짓눌린 터라, 성실하게 답하지 않을 수도 없었다. 하지만 평생 형사의 질문을 받아 본 적도 없는 데다 친구가 살해된 적은 더더욱 없었다. 게다가 형사가 어찌나 서둘러 질문해 대던지 제이슨도 어떻게든 빨리 대답해야 안심이 되었다.

예를 들어, 그날 오후 얼리셔의 집에 별다른 점이 없었는지 물었을 때에도 제이슨은 황급히 "예."라고만 답했다. 물론 별다른 일은 없었다. 퍼즐의 달인 얼리셔는 평소처럼 직소 퍼즐 때문에 안달복달을 했고, 오빠 브래드는 짜증 날 정도로 풀장 주변을 뛰어다녔다. 그의 친구 그레그 차빈과 마브 게일하우스를 밀치며 소란을 피우고 악을 쓰는 것도 늘 보는 풍경이었다. 이따금 브래드는 풀장에서 뛰쳐나와 털보 개처럼 온몸을 흔들기도 했는데 퍼즐에 물을 튀겨 얼리셔의 화를 돋우려는 수작이었다. 그 역시 특별할 건 없었다. 브래드는 누구든 닥치는 대로 괴롭혔으니 말이다. 그래도 그날 오후엔 제이슨을 건들지는 않았다. 솔직히 말해 브래드는 성가신 애다. 도무지 가만히 앉아 있지를 못했다. 상대와 친근하게 얘기를 하는 동안에도, 손바닥으로 가슴을 툭툭 건드리곤 했으니 형사한테 별다른 일이 없었다고 말할 수밖에 없었다.

그 후에도 형사는 이것저것 질문을 했다. 하지만 제이슨이 듣기에는, 같은 질문을 다른 방식으로 한 것에 불과했다.

"얼리셔가 안달복달을 했다고?"

제이슨은 잠시 생각을 해 보았다.

"에, 직소 퍼즐이 안 풀리는 게 있었어요. 그러니까 천 피스짜리 퍼즐이었는데 커다란 홍관조 그림이었죠."

얼리셔는 안뜰에 카드놀이용 탁자를 갖다 두었다. 풀장과 멀지 않은 거리였다. 브래드가 사방에 물을 뿌리고 다닌다며 신경질을 부린 것도 그 때문이었다. 그때는 퍼즐의 가장자리를 채우고 있었는데 그녀에겐 쉬운 부분인지 몰라도 제이슨이 보기에는 모두 똑같은 그림 조각이었다.

형사가 고개를 들고 좌우로 저었다. 제이슨은 그가 너무 세세한 얘기는 원치 않는 모양이라고 생각했다.

제이슨이 말했다.

"그러다가 결국 퍼즐에다 대고 화를 퍼붓고 말았어요. 손을 휘저어 퍼즐 조각들을 마당에 흩어지게 만들었죠."

"퍼즐 말고 다른 문제로 화난 것 같지는 않더냐?"

"에, 브래드가 괴롭히기는 했지만 늘 그런걸요. 다른 애들도 그렇고."

형사는 아무 말도 않고 제이슨을 바라보았다. 결국 제이슨이 먼저 몸을 뒤척였다. 그도 큰 건으로 형사를 흡족하게 해 주고 싶었지만 제이슨이 아는 한 그런 건 없었다.

“얼리셔네를 떠난 게 언제지?”

형사가 물었다.

제이슨이 머뭇거렸다. 시계를 차고 있지 않았기 때문이다. 여름 방학엔 시간 자체가 무의미했기에 시계 같은 건 차 본 적이 없다.

“몰라요. 브래드와 친구들이 떠난 직후였어요. 얼리셔가 퍼즐 줍는 걸 도와주고 카드놀이용 탁자도 함께 집에 들여놓았어요. 그러고는, 얼리셔가 레모네이드 마시고 가라고 했지만 걔가 별로 기분이 좋아 보이지 않아 그냥 집에 왔죠.”

“집에 왔을 때 시간을 확인해 봤니?”

“예. 들어왔을 때 시계가 4시를 친 기억이 나요.”

제이슨은 기뻤다. 확실한 정보를 내놓았다는 사실이 못내 자랑스러웠다.

“얼리셔네 집에서 여기까지 오는 데 얼마나 걸리지?”

제이슨이 어깻짓을 했다.

“사오 분쯤요. 그 앤 바로 길 아래쪽에 살아요.”

‘살았어요.’ ‘살아요’가 아니라. 제이슨은 머릿속으로 자기 말을 고쳤다. 그러자 얼리셔의 죽음이 다시 그를 강타했다. 그는 어떻게든 꿋꿋하게 버티겠다고 결심하고는 자세를 흩뜨리지 않았다.

“집으로 돌아오다 길에서 뭔가 의심쩍은 걸 본 건 없어?”

“길로 오지 않았어요. 뒷마당을 통해 들어왔거든요. 본 사람도 없고요.”

제이슨은 굳건하게 버텨 낸 자신이 대견했다.

"네가 떠났을 때 얼리셔는 집에 혼자 있었어?"

"예. 레모네이드 가지러 갔을 때 제가 '나중에 보자.' 그러면서 나왔어요."

"4시에 도착했다고 했지? 그때 집에 누가 있었니?"

"아뇨. 엄마하고 여동생이 돌아온 건……."

그는 엄마를 보며 도움을 청했다.

"에마와 난 거의 동시에 들어왔어요. 5시 정도……. 그런데 형사님, 왜 그런 질문을 하는 거죠?"

그녀가 머뭇거리며 살짝 인상을 썼다.

"중요하지 않은 건 없습니다, 도런트 부인. 특히 제이슨의 증언이 중요하죠. 제이슨이 떠난 후 그 애를 본 사람이 없으니까요. 제이슨의 움직임을 쫓아서 시간을 재구성할 수 있다면 얼리셔의 행적도 추적해 낼 수 있을 겁니다. 이를테면 제이슨이 떠난 4시에 그 애가 집에 혼자 있었다는 사실도 알아냈지 않습니까?"

어른들은 한동안 아무 말도 않았다. 에마는 두 눈을 초롱초롱 빛내면서 비상한 관심을 보였다. 동생은 얼마 전부터 추리 소설을 쓰기 시작했다. 이제 이 사건이 일차 자료들을 무수히 제공해 줄 것이다.

형사가 물었다.

"더 말할 게 있니, 제이슨?"

제이슨이 고개를 저었다.

형사는 탁 하고 노트를 접었다. 동작 하나하나가 군더더기 없이 깔끔한 아저씨였다.

"뭔가 생각나는 게 있으면 연락해 다오."

그가 자리에서 일어나며 말했다.

그가 떠난 후 제이슨의 엄마는 수고했다며 아들의 한쪽 뺨을 어루만져 주었다.

"너도 힘들었을 텐데, 대답 잘했다."

제이슨은 자기 방으로 돌아가면서, 정말로 대답을 잘한 건지 모르겠다고 생각했다. 그는 침대에 벌렁 누워 생각을 정리하고, 그날 오후 일어난 일들도 다시 되짚어 보았다. 형사한테 하지 않은 얘기가 있던가? 어쨌든 그게 중요하기는 한 걸까?

뭘 빠뜨렸지? 얼리셔가 짜증을 낸 이유가 퍼즐 때문만은 아닌 것 같다는 얘기? 그리고 그 이유에 브래드가 들어 있을지도 모른다는 얘기?

얼리셔는 계속해서 풀장에 있는 브래드에게 조용히 하라고 고함을 쳐 댔다.

"그렇게 떠들어 대면 어떻게 집중을 하라는 거야?"

아무튼 평소의 말투는 아니었다. 딱히 욕을 한 것은 아니지만, 그래도 얼리셔는 늘 반듯하고 올곧은 아이였다.

"왜 그래, 얼리셔? 뭐 화나는 일이라도 있니?"

제이슨이 물었다.

"매일 그래. 오빠가 화를 돋우잖아."

얼리셔가 턱으로 브래드와 친구들을 가리켰다.

제이슨은 감탄해 마지않았다. '돋우다'라니. 웬 할머니 같은 단어? 사실 그가 얼리셔에게 반한 것도 바로 그런 점들 때문이었다. 이따금 그녀는 마치 옛 시대로 돌아가기라도 한 것처럼 꼬마 할머니 행세를 했다. 다른 아이들이 인터넷에 정신을 쏟고 있을 때 그녀는 직소 퍼즐을 했다. 항상 드레스를 입고 아무리 더워도 반바지 따위를 입는 일은 없었다. 그리고 큰누나라도 되는 것처럼 브래드를 꾸짖었다.

제이슨은 두 눈을 감고, 얼리셔와 함께 퍼즐을 맞추던 때를 떠올려 보았다. 두 사람은 풀장에서 벌어지는 난장판을 애써 외면했다. 마침내 얼리셔는 일련의 조각들을 제자리에 끼워 맞추는 데 성공했으나 그러는 동안에도 계속해서 인상을 쓰고 투덜댔다.

브래드와 악동들이 풀장에서 나와 수건으로 몸을 닦기 시작했다. 브래드가 뜰을 가로질러 와 햇빛을 가리고 선 건 그때였다. 그의 실루엣이 섬뜩해 보였다.

"내가 실수로 발이 걸려서 탁자를 엎으면 어떻게 할 건데?"

그는 '실수'라는 말을 부러 강조했다.

얼리셔가 집어삼킬 듯한 눈빛으로 그를 노려보았다.

"오늘은 그만하면 충분히 괴롭혔잖아."

그녀의 목소리는 얼음장만큼이나 차가웠다. 어린 동생의 말투라고는 믿을 수 없을 정도였다.

브래드는 햇빛을 등진 채 그대로 서 있었다. 얼굴에 그늘이 져 표정을 읽을 수는 없었다.

얼리셔도 계속 그를 쏘아보며 대답을 기다렸다.

"안 그래?"

그녀가 마침내 되물었다.

브래드는 갑자기 돌아서서 친구들에게로 돌아갔다. 제이슨이 다시 고개를 들었을 땐 모두 떠난 뒤였다. 그들이 있던 자리에는 휑하니 침묵만이 맴돌았다.

얼리셔가 무슨 말인가를 중얼거렸다.

"뭐라고 했냐?"

제이슨이 물었다.

"알 필요 없어."

그녀가 탁자를 쓸어 퍼즐 조각을 사방으로 날려 버린 건 바로 그때였다.

그녀는 일 분 정도 그대로 앉아 흩어진 조각들을 바라보았다. 울 거라고 생각했는데 다행히 그러지는 않았다. 대신 이렇게 말했다.

"퍼즐 놀이도 지겨워. 들어가서 시원한 거나 마시자. 엄마가 레모네이드를 만들어 놨어."

그녀의 입술이 떨리고 두 손도 가볍게 흔들렸다.

지금은 제이슨의 입술이 떨렸다. 그는 두 눈을 뜨고 천장의 화재 탐지기를 노려보았다. 이런 세세한 얘기들까지 형사한테 했어야 한 걸까? 얼리셔와 브래드의 시시한 말다툼이 새삼스러운 것도 아니잖아? 어쨌든 오누이가 아닌가? 형사한테 괜히 그런 얘기까지 했다가, 결국 아무것도 아닌 게 되면 괜히 쪽만 팔렸을 것이다.

여태 살아오며 지겨울 정도로 창피를 당한 그였다. 게다가, 그래봐야 무슨 소용이 있단 말인가? 얼리셔는 죽었고, 그 사실만으로도 온몸에 경련이 일 정도다. 그까짓 말다툼이 대수일 수는 없었다. 그녀가 죽은 바로 그날, 그녀가 살해당한 그날, 동생을 괴롭혔다는 이유만으로도 브래드는 지금 지구상의 누구보다도 더 슬퍼하고 있을 것이다. 불쌍한 브래드. 더더욱 불쌍한 얼리셔.

이번에는 울음을 참지 않기로 했지만 정작 눈물은 나오지 않았다. 메마를 대로 메마른 두 눈. 그건 엉엉 우는 것보다 훨씬 더 끔찍했다.

# 5

"그래, 뭘 갖고 있죠?"

앨빈 다크가 물었다.

"용의자."

브랙스턴이 대답했다.

"그리고?"

"나를 벼랑 끝으로 내몰고 있는 상원 의원. 대답 불가능한 질문만 퍼부어 대는 신문과 텔레비전. 완전 무장한 도시. 내가…… 우리가 뭐든 내놓지 않으면 모두들 꼭지가 돌아 버릴 겁니다."

지방 검사는 별로 공감하지 않는 표정으로 커피만 홀짝였다. 느긋하고 편안해 보였다. 왜 아니겠는가? 그래도 본부를 탈출해 잠이라도 몇 시간 잔 사람이니.

다크가 물었다.

"하지만 용의자가 있다고 했잖습니까?"

비아냥? 비웃음?

"육감도 있습니다."

브랙스턴은 그 말이 우스꽝스럽게 들릴 거라고 생각했다. 그의 육감은 과거에 호된 대가를 치렀고 앨빈 다크도 그 사실을 알고 있다.

다크는 꿈쩍도 하지 않았다.

"육감이 배심원들을 움직여 주지는 않아요. 판사도 그렇고. 우리한테 필요한 게 뭔지 알잖습니까?"

그가 투덜댔다.

"예, 압니다. 물적 증거죠."

브랙스턴이 대답했다. 왠지 야단맞는 고등학생이라도 된 기분이었다. 자기보다 두 살이나 어린 다크 앞에서 고등학생 신세가 됐다는 사실에 짜증부터 났다.

"용의자를 엮을 진짜 건수는 없는 겁니까? 육감 같은 얘긴 집어치우고."

다크가 따져 물었다. 교활한 놈.

"육감도 필요합니다. 그게 있어야 증거도 나오죠."

"하지만 그때까지 버틸 수 있겠어요?"

"지금 우리한테 필요한 건 자백입니다."

브랙스턴이 망설이며 덧붙였다.

"용의자의 자백?"

또다시 비아냥인가?

아무래도 한 건이 필요하겠어. 브랙스턴은 주사위를 던지기로 했다.

"트렌트라는 취조 전문가가 있습니다. 버몬트에서 일하는데 명성이 자자하죠. 바위에서 피를 짜낼 친구라더군요."

"이름이 낯설지 않은데? 더 얘기해 봐요."

다크가 말했다.

"여기저기서 세미나도 하니까요. 북서부 전역에서 요청이 쇄도한다는군요. 특별한 사건, 그러니까 도전을 좋아하는 친구입니다."

"그런 친구가 왜 여기까지 오겠어요?"

"기번스. 기번스는 법과 질서와 권력을 상징합니다. 상원 주요 분과의 위원장 아닙니까. 거물이죠. 들은 바로는 트렌트도 야망이 있는 친구입니다. 상원 의원을 미끼로 내걸 수 있을 거예요."

브랙스턴이 말했다.

앨빈 다크가 커피를 조금 들이켰다. 느리고 신중한 동작.

그가 마침내 툭 내뱉었다.

"외부인이 끼어드는 건 싫소."

"아주 특이한 친구예요. 취조의 신인류라고 보시면 될 겁니다. 자백을 이끌어 내는 걸로 유명한데 한 번도 실패한 적이 없다더군요."

브랙스턴이 말했다. 괜히 외판원이라도 된 기분이었다.

다크는 아무 말도 않았다. 그저 과장된 몸짓으로 커피를 쭉 들이켜고 손수건으로 입술을 훔친 다음, 의자를 창문 쪽으로 돌렸다.

"저 밖엔 놈이 제멋대로 돌아다니고 있어요. 경위가 점찍은 용의자가 범인이든 아니든, 어린아이를 죽인 놈입니다. 맘에 안 들어요."

"저도 맘에 안 듭니다."

브랙스턴은 얼른 입을 가렸다. 새어 나오는 하품을 참기가 쉽지 않았다.

앨빈 다크는 손을 탁자 위에 올리고 손가락 관절을 하나하나 꺾어 나갔다. 무슨 대단한 행동가라도 되는 듯이.

"좋아, 그 친구한테 전화해요."

그는 졸개 부리듯 브랙스턴에게 명령을 내렸다.

"그러죠."

브랙스턴이 지방 검사의 오만한 태도를 건너다보며 대답했다. 아무튼 중요한 건 앨빈 다크와 신경전을 벌이는 대신, 트렌트를 불러들일 수 있게 되었다는 데 있었다. 그는 트렌트를 꼬마한테 붙여 죄를 실토하게 만들고 싶었다. 그건 하룻밤 숙면만큼이나 짜릿한 선물이 되어 줄 것이다.

# 6

트렌트가 조지 브랙스턴 경위의 전화를 받은 건 아돌프 캘리퍼의 살인 자백을 받고 난 직후였다. 명망 있는 증권 중개인인 아돌프도 결국, 부적절한 관계를 이어 온 이웃집 여인을 목 졸라 죽였음을 실토하고 말았다.

취조실에서 캘리퍼는 그야말로 교활했다. 트렌트가 질문을 하면 오히려 되묻거나 대답 같지 않은 대답을 던지는 식으로 물 타기를 시도했다. 교묘하게 트렌트의 함정을 피해 나가는가 하면 게임을 하듯 형사와 벌이는 말장난을 즐기기도 했다. 때때로 질문을 앞서 나가기도 했다. 그는 열정적으로 심문에 응했고 대답도 확신에 차 있었다. 그만큼 자신을 방어할 자신이 있었던 것이다.

시간이 갈수록, 트렌트도 이 건이 자신의 첫 실패작이 될지도 모르겠다는 생각이 들었다. 그는 동료 경찰과 형사들의 반응을 예상해 보았다. 모르긴 몰라도 그가 실패할 경우 잔치라도 벌일 인간들이다. 하이게이트 경찰서는 얼간이 상근 경찰이 열 명 남짓 근무하는 작은 곳으로 캐나다 국경 근처의 버몬트 마을을 책임지고 있었다. 그들은 하나같이 트렌트를 못마땅해했는데 그건 트렌트도 알고 있었다. 그는 처음부터 그 틀에 맞지 않았다. 그는 전문 대학을 중퇴하고 어린 시절의 꿈을 이루기 위해 심리학 학위 과정을 밟았다. 경찰의 꿈. 그는 순경에서 형사로 진급을 하고도 공부를 계속해, 특히 증인이나 용의자 취조에서 혁혁한 공을 세웠다. 그리 대단할 건 없어도 성공한 경찰의 귀감이었다. 겨울철 스키 대목이면 하이게이트의 인구도 늘어난다. 그는 그때 연쇄 살인범으로부터 네 건의 끔찍한 살인 자백을 뽑아냈고 신문의 머리기사들이 그의 입지를 굳혀 주었다.

이윽고 다른 지역에서 수사 협조 요청이 밀려들기 시작했다. 그는 기술을 다듬고 온갖 종류의 심문 방법들을 고안해 자신의 지위를 더욱 탄탄히 다져 나갔다. 이런저런 세미나를 이끌기도 했다. 그러는 사이 경찰 업무와 지루한 자백 싸움에서 벗어나고 싶다는 생각을 하기 시작했다. 그는 자신이 적절한 기회를 노리고 있음을 깨달았다.

그 와중에 캘리퍼가 등장한 것이다.

캘리퍼와 쥐잡기 놀이를 벌이면서도 심드렁하기는 마찬가지였다. 그는 잠자코 에이스를 감추고 있었다. 그건 훗날 적절한 순간에 써먹을 카드였다. 기다리고 인내할지니 천국이 너의 것이로다.

그래서 그는 캘리퍼가 숨바꼭질을 하도록 내버려 두었다. 트렌트는 취조할 때 나름의 규칙과 규범의 테두리 안에서 최대한 유연성과 치밀함을 운용하는 편이다. 게임에는 원칙만큼이나 인내를 가지고 임하며, 아무리 확실한 무기를 확보했다 해도 반드시 심리적으로 적절할 때에만 들이밀어야 한다. 그 무기란 상대의 허를 찌르는 정보일 수도 있지만 그보다는 심문 도중에 감지해 낸 피의자 자신의 결함일 때가 더 많았다.

트렌트는 캘리퍼가 방심한 틈을 타서 결정적인 한 방을 먹였다.

"딸 이름이 뭐요?"

그가 물었다. 너무도 느닷없고 태평스러운 질문이었다.

당황한 캘리퍼는 취조 중 처음으로 시선을 돌렸다. 다시 트렌트를 돌아보았을 때는 더 이상 당혹감을 감추지 못했다. 트렌트는 캘리퍼의 방어 기제들이 무너져 내리고 있음을 알았다.

"딸애는 죽었습니다."

캘리퍼의 대답이었다. 체념한 사람의 굴곡 없는 목소리. 두 어깨도 처지고 턱은 가슴까지 툭 떨어졌다.

"알고 있소."

트렌트가 말했다. 목소리는 어느새 부드러운 동정조로 변해 있었다. 용의자와 대면할 때 꺼내 쓰는 수많은 목소리 중 하나다.

"겨우 다섯 살이었죠."

이제 목소리마저 갈라져 나왔다.

그 후 트렌트는 적절한 순간을 골라 캘리퍼의 내면을 곧장 공략

했다. 그것은 켈리퍼에게 유일하게 치명적인 부위였다.

십 분 후, 결국 캘리퍼가 실토했다.

그리고 그로부터 오 분 후 트렌트는 조지 브랙스턴의 전화를 받았다.

"여긴 매사추세츠의 마뉴먼트라는 곳인데 도움이 필요합니다. 우린 막다른 골목에 다다랐소."

브랙스턴이 말했다.

"어떤 일이죠?"

트렌트가 건조한 목소리로 물었다. 물론 대답은 알고 있었다.

"이곳은 한 아이의 피살 사건으로 들썩거리고 있어요. 한 놈을 취조해야겠는데 도와줄 수 있겠소?"

칼 시튼과 캘리퍼. 불과 엿새 사이의 일이다. 이렇게 빨리 또 다른 사건을 맡고 싶지는 않았다.

"어떻게 이 번호를 알아낸 겁니까?"

그가 물었다. 하지만 어쩔 수 없다는 건 그도 알고 있었다. 그는 자신의 전문 기술을 구하는 협조 요청을 한 번도 거절해 본 적이 없었다.

"하이게이트 서에서 러틀랜드의 번호를 일러 줬어요. 당신이 취조 중이라기에 기다렸지. 아무튼 축하합니다. 또 한 건 해냈다는 얘기 들었소."

공허한 인사치레였지만 트렌트는 기뻤다. 그는 브랙스턴의 진짜 목적이 무엇인지 알고 있었다. 브랙스턴은 그의 직감이 옳았음을 곧바로 입증해 주었다.

"와 줄 수 있겠소?"

"마뉴먼트가 어딥니까?"

트렌트가 물었다. 물론 마지못한 대꾸였다. 정말로.

"중부 매사추세츠. 하이게이트에서 네 시간 거리요. 아무튼 기번스 상원 의원까지 지대한 관심을 쏟는 사건이오. 당신한테 연락하라고 한 것도 그분이지. 손자가 희생자의 친구였다는데 함께 2학년에 다녔답니다."

브랙스턴이 패를 보였다. 트렌트의 관심도 급속히 커져 갔다. 그 상원 의원은 권력과 영향력도 있고, 강력한 형법의 강력한 시행을 주창해 온 인물이다. 알아 두면 큰 도움이 될 수도 있을 거물.

"자세히 얘기해 보시죠."

트렌트가 말했다.

주절주절 사건 얘기를 늘어놓는 브랙스턴의 목소리에서 안도감이 느껴졌다. 너무도 익숙한 상황이다. 살해당한 소녀. 긴장감에 휩싸인 마을. 용의자.

"용의자는 피해자와 같은 동네에 사는 열두 살짜리 꼬마요. 아니, 용의자 이상이라고 해야겠군. 우리 쪽에선 범인으로 추정하고 있으니까."

브랙스턴이 덧붙였다.

"증거는?"

"심증뿐이오. 물적 증거, 증인, 무기, 지문……. 그런 건 하나도 없소. 이렇게 전화한 것도 그 때문이오. 퍼즐을 채워 넣을 용의자는 확보했는데 기댈 게 자백밖에 없는 상황이지. 그게 없으면, 그 놈은 자유요."

"시나리오는 준비된 건가요?"

트렌트가 물었다. 이 질문에 대한 대답이 수임 여부를 결정할 것이다.

브랙스턴은 전혀 망설이지 않았다.

"그래요. 시나리오는 있소. 형사가 맡았던 팔로우와 블레이크 건에 대해 들은 바가 있으니."

블레이크를 언급하자 트렌트는 인상이 굳어졌다. 블레이크는 고백 중독증에 걸린 정신 질환자였다.

"어떻게 가죠?"

"기번스 상원 의원이 차편을 제공하기로 했소. 형사가 언제 어디든 정하면 기사가 태우러 갈 거요."

"용의자하고 있을 시간은 얼마나 됩니까?"

"세 시간. 아니면 네 시간쯤."

"부모는?"

"아버지는 출장 중이오. 우린 아이 모친이 시나리오를 받아들일 거라 믿고 있소."

트렌트의 머릿속은 여전히 캘리퍼와 벌인, 핑퐁 같은 취조 게임으로 지끈거렸다. 너무나 부드러우면서 확신에 찬 그의 목소리, 그리고 그 목소리를 무너뜨리기 위해 들여야 했던 안간힘. 이놈의 새로운 임무를 거절하고 싶은 마음이 간절했다. '하지만 평생 이 촌구석에서 짭새로 썩을 건가?' 베테랑 상원 의원 덕을 볼 수도 있을 기회를 어찌 차 버릴 수 있단 말인가?

"세부 사실들을 죄다 팩스로 넣어 주세요. 뭐든 하나도 빼놓지 말고. 행간을 읽느라 골머리 앓을 생각도 없고 나중에 엿 먹고 싶지도 않습니다."

마침내 트렌트가 대답했다.

"알겠소."

브랙스턴이 대답했다.

"기사는 정확히 새벽 6시에 하이게이트로 보내 주시고요."

"알겠소."

다시 브랙스턴의 대답.

트렌트는 전화를 끊었다. 정치가의 영향력에 굴복하고 만 자신이 혐오스럽기만 했다. 하지만 자신을 혐오해 온 게 어디 하루 이틀 일이던가.

# 1

제이슨은 경찰 본부에 들어서면서 마뉴먼트의 보통 회사 건물과 별 차이가 없다는 데 먼저 놀랐다. 사방에서 전화가 울려 대고, 수도 없이 늘어선 모니터에 갖가지 사건들이 펼쳐지고, 경찰이 수도 없이 오갈 거라고 생각했는데……. 그래, 텔레비전이나 영화에서처럼 시가를 문 채 책상 위로 몸을 잔뜩 숙인, 허름한 옷차림의 형사들도 기대했다.

하지만 제이슨이 안내된 곳은 작은 칸막이 방이었다. 판유리 안쪽의 책상에는 잘 다려진 흰 셔츠를 입고 파란색 타이를 맨 반백의 사내가 앉아 있었다. 실내는 너무나 조용해 에어컨 모터 소리까지 들릴 정도였다.

제이슨을 경찰서까지 에스코트해 온 헨리 켄들이라는 경찰이 책상의 남자에게 고개인사를 건넸다. 남자가 어딘가 숨겨진 버튼을 눌렀는지 왼쪽의 문이 부 소리를 내며 열렸다. 켄들은 또 다른 사무실로 제이슨을 데려갔다. 학교에 있는 교장의 별실만큼이나 황량하고 휑한 곳이었다.

"다른 사람들도 금방 도착하겠지만 어쨌든 우리가 제일 기대를 걸고 있는 건 바로 너란다. 아무쪼록 편안하게 대답하렴."

켄들이 말했다. 부드럽고 친절한 목소리.

그가 떠나고 제이슨은 방 안의 냉기에 살짝 몸서리를 쳤다. 그는 창가로 다가가 메인 스트리트를 내다보았다. 더위에 지친 승용차와 트럭들이 느리게 움직이고 사람들도 영화의 슬로 모션에서처럼 늘쩍지근해 보였다. 제이슨은 엄마를 떠올리며 어쩌면 여기 온 게 잘못일지도 모르겠다는 생각을 했다. 곧 그런 쓸데없는 걱정을 하는 자신이 우스웠다.

오늘 아침 진입로에 멈춰 서는 경찰차를 침실 창밖으로 보고 깜짝 놀라기는 했다. 또 경찰이 온 거야? 숨이 차며 호흡이 빨라졌다. 비상 사태라서? 하지만 경찰차 지붕엔 청백색 경고등도 없었고, 차에서 내려 현관문을 향해 걸어오는, 크고 불그레한 얼굴의 경관도 무척이나 여유로워 보였다.

제이슨은 초인종 소리를 들으며 어떻게든 마음을 진정시키려고 했다. 경찰이 다시 나타나는 바람에 얼리셔 바틀릿의 모습이 다시 생각났던 것이다. 그녀의 마지막 모습. 불쌍한 얼리셔.

"제이슨."

잠시 후 제이슨은 엄마와 경찰이 있는 현관홀에 서 있었다.

"이분은 켄들 경관님이셔. 수사에 네 도움이 필요하다는구나."

엄마가 제이슨에게 설명했다.

"너 말고도 몇 사람 더 불렀다. 지금은 도움이 필요할 때라서."

경관이 말했다.

"어제 형사 한 분이 제이슨과 얘기했어요. 아주 오랫동안 있었는데……."

엄마가 걱정스러운 듯 말했다.

"알고 있습니다, 도런트 부인. 지금은 수사 방향이 바뀌어서 그럽니다. 본부에 특별 취조 전문가들이 와 있거든요. 아마도 월요일에 거리를 지나던 사람들을 불러 구체적인 목격담을 알아볼 모양입니다."

경관은 덩치에 비해 믿을 수 없을 만큼 친절했다.

"하지만 어제 형사님한테 아무것도 못 봤다고 했어요."

제이슨은 곧바로 괜히 말했다는 생각을 했다. 괜히 그런 말을 했다가 심문 대상에서 제외되면 어쩌려고……. 소년은 정말로 수사에 참여하고 싶었다.

"제이슨, 알고 있단다. 하지만 전문가들이란 사람들은 잊어 먹은 것까지 기억나게 해 주는 사람들이야. 이따금 뭔가를 봤다는 사실조차 잊는 경우도 있고, 무심히 듣고 흘려 버리는 이야기들도 있으니까 말이다. 그런 식으로 질문을 하다 보면 하찮게 보였던 것들도 때로는 중요한 증거로 변신……."

"에, 제이슨도 기꺼이 도울 거예요, 경관님. 착한 아이니까요."

엄마의 그 말에 제이슨은 안도의 한숨을 내쉬었다.

"고맙습니다. 제 차로 가면 됩니다. 그곳에서 다른 사람들도 만나게 되죠."

켄들 경관이 말했다.

"얼마나 걸릴까요?"

제이슨의 어머니가 물었다.

"아, 대충 두세 시간쯤이요? 끝나는 대로 차로 데려오겠습니다."

엄마가 인상을 찡그렸다. 아무래도 의심을 지울 수 없는 모양이다.

"남편이 출장 중이에요. 내일이나 되어야 돌아올 텐데."

엄마, 그게 무슨 상관이야? 제이슨은 불안했다. 이러다가 엄마가 마음을 바꾸면 어쩌지? 그래서 가지 못하게 막으면?

경관의 표정도 굳어졌다.

"어린 소녀한테 끔찍한 짓을 저지른 놈입니다. 저희도 최선을 다하고 있습니다."

경관의 목소리가 어찌나 부드럽고 친절한지 도무지 범인을 체포할 배짱 같은 게 있을 것 같지 않았다.

제이슨의 모친이 고개를 끄덕였다.

"그래요, 이 애가 자기 몫을 해 주는 게 중요하겠죠. 모이는 사람이 모두 몇 명인가요?"

그녀는 그렇게 대답하면서도 아무래도 미심쩍은 모양이었다.

"넷이나 다섯 정도입니다. 대부분 아이들이죠. 월요일에 거리를 돌아다닌 애들이고 제이슨도 아는 애들입니다. (시계를 보며) 아무래도 가 봐야겠군요. 워낙에 시급한 사건이라……."

"우리 애하고 같이 가고 싶지만 삼십 분 있다가 에마하고 병원에 가야 해요. 병원에 늘 사람이 많아서……."

엄마는 그래도 불안한지 안타까운 표정으로 제이슨을 보았다. 제이슨은 한숨을 내쉬었다. 빨리 떠나고 싶었다. 경관이 다시 시계를 확인했다.

"에, 좋아요. 제이슨, 열심히 도와 드려야 한다. (경관을 향해) 이 애도 이번 사건으로 충격이 컸어요."

이번엔 제이슨이 인상을 쓸 차례였다.

"아우, 엄마."

그러자 그녀가 맥없이 미소를 지으며 말했다.

"그럼, 잘 다녀오렴."

그리고 제이슨은 이렇게 여기 황량한 방에 서서, 어쩌면 엄마의 불안감이 옳았는지도 모르겠다고 생각했다. 우선 알고 있는 게 하나도 없지 않은가? 결국 사기꾼으로 밝혀지고 말 것이다.

두 개의 문이 활짝 열리고 켄들 경관이 두 아이와 함께 돌아왔다. 제이슨도 아는 애들이다. 잭 오셔와 팀 코너스. 야구광들. 놈들은 늘 야구 모자를 돌려 썼고 서로에게 야구공을 던지며 돌아다녔다. 지금은 야구 모자도 야구공도 없지만, 방으로 들어올 때 보니 야구 선수들처럼 가볍게 좌우로 몸을 흔드는 걸음걸이는 여전했다. 그들 뒤로 대니 에디슨이라는 아이도 들어왔다. 학교 식당에서 제이슨과 이따금 같은 식탁에 앉은 적이 있었다. 대니는 마른 체구에 여드름투성이고 성격도 급했다.

제이슨이 그나마 반가워한 애는 지미 올랜도였다. 지미는 정상적인 애다. 야구광도 책벌레도 아닌, 그저 평범한 아이. 제이슨은 다른 애들이 그를 그런 식으로 봐 주었으면 하고 바라곤 했다.

켄들 경관이 먼저 입을 열었다.

"잠시 후에 브랙스턴 경위님이 오셔서 자세히 설명해 주실 게다. 이 사건을 책임지고 계신 분이야."

그가 방을 떠나고, 그들은 모두 어색해하며 서 있었다. 야구광 둘은 창가로 가서 뭔가 음모를 꾸미는 듯 보였다. 지미는 주머니에서 문고본 책을 꺼내 벽에 기대고 읽기 시작했다.

대니가 제이슨에게 다가와 둘은 잠시 서로를 마주 보았다.

"끝내주지 않니? 진짜 수사에 가담한다는 사실이 믿기지가 않아."

제이슨이 끄덕였다. 누군가 말을 걸어왔다는 게 기분 좋았다.

"어떻게 될 것 같아?"

제이슨이 물었다.

"몰라. 그냥 진술하는 거겠지. 뭘 쓰거나 하지는 않을 거야. 그런 걸 자술서라고 하던가? 아무튼 작문은 밥맛이야."

"녹음할지도 몰라. 그러니까 우린 지껄이기만 하면 되는 거지."

제이슨이 말했다.

그게 다였다. 벌써 할 말이 떨어진 것이다. 창가에 선 야구광들은 저들끼리 속닥거리다가도 이따금 대니와 제이슨을 힐끔거렸다. 지미는 책장을 넘기고 있기는 했지만 정말로 읽는 것 같지는 않았다.

"너, 기분이 묘하지 않냐?"

대니가 물었다.

"그래. 어쨌든 무슨 말을 해야 할지 모르겠어. 그날 특별한 건 아무것도 못 봤거든."

대니가 고개를 저었다.

"내 말은, 얼리셔 바틀릿 얘기야. 그 애가 살아 있을 때 마지막으로 본 게 너라며?"

제이슨이 놀라서 인상을 찌푸렸다. 월요일에 얼리셔를 찾아간 사실을 다들 알고 있는 줄은 생각지도 못했다. 이 애가 나한테 말을 건 것도 그 때문인가? 호기심 때문에? 내부 정보를 캐내고 싶어서?

"마지막 목격자 중 하나일 뿐이야."

제이슨이 고쳐 주었다.

대니가 두 눈을 내리깔았다. 그는 얼굴을 붉히면 마치 봉우리마다 불을 밝힌 듯 여드름이 두드러져 보였다.

"미안, 나도 그런 뜻이었어."

그 순간, 제이슨은 야구광들이 힐끔거리는 대상도 자기라는 사실을 깨달았다. 그들의 시선은 분명 그를 노리고 있었다. 마음이 불편했다. 원래도 관심받는 상황을 좋아하지 않았다. 수업 시간에 손을 들지 않는 것도 그 때문이건만. 그는 갑자기 얼굴이 빨갛게 달아올랐다. 여드름이 없는 게 다행이라는 생각도 했다. 얼리셔 바틀릿과 그의 사이를 다들 알고 있는 걸까?

다시 침묵. 지미 올랜도도 책을 덮었지만 그대로 벽에 기대서 있었다. 야구광들은 돌아서서 창밖을 내다보았고 대니는 제이슨의 어깨 너머로 시선을 돌렸다. 에어컨이라도 튼 것처럼 갑자기 방에 한기가 돌았다.

마침내 문이 활짝 열리고 브랙스턴 경위가 들어왔다. 여전히 마르고 날카로운 인상이었다. 뼈와 근육이 아니라 철사로 만든 경찰 아저씨.

"내가 브랙스턴 경위다, 친구들. 이제 시작해 보자. 우선 너희들의 협조에 진심으로 감사한다. 이번에야말로 중요한 정보를 건질 수 있으리라 믿는다. 너희들이 놓치고 있을지도 모르는 정보 말이다."

활달하고 사무적인 목소리였다.

그의 시선이 아이들을 차례로 훑어본 다음 마지막으로 제이슨에 머물렀다. 하지만 따로 알은체를 하지는 않았다.

경위는 주머니에서 수첩을 꺼내 앞에 펼쳐 놓았다. 그가 수첩을 바라보며 말했다.

"방법을 일러 주마. 취조 전문가분들이 너희들한테 질문을 할 거다. 잭 오셔와 팀 코너스, 너희 둘은 그날 거의 함께 있었다니까 질문도 함께 받게 된다. 다른 친구들은 따로따로 받을 거고. (고개를 들고는) 자, 이런 걸 시간 싸움이라고 하는 거야. 그러니까, 당장 시작하자. 첫 손님은 제이슨 도런트로 한다."

그는 곧 제이슨을 보았다. 그가 처음으로 알은체를 했다.

"오케이, 제이슨. 너를 담당할 전문가에게 데려가마. (다른 애들을 보며) 기다려, 곧 돌아올 테니까."

제이슨은 브랙스턴 경사를 따라 방을 나섰다. 여기 온 게 잘못 같다는 생각이 다시 한 번 들었다.

# 8

트렌트가 리무진에 올라타자마자 놀란 것은 무엇보다 갑작스레 달려드는 에어컨 바람 때문이었다. 그리고 두 번째는 옆자리에 젊은 여자가 타고 있어서였다.

"제 이름은 세러 다운즈라고 합니다. 위크버그의 지방 검사 사무실에서 근무 중이죠. 브랙스턴 경위님께서 형사님을 마뉴먼트로 모시고 오는 길에, 상황 설명을 해 드리라고 하셨죠."

그녀가 말했다.

"친절한 경위님이시군."

트렌트는 애써 당혹감과 불안감을 감추려 했다. 사생활에서든 수사에서든, 뜻밖의 사건은 별로 달갑지 않았다. 그는 혼자 생각에 잠긴 채 앞으로 밟을 공정을 가늠해 보며 장거리 여행을 하게 될 거라고 생각했던 것이다. 어쨌든 지금의 개인 교습이 나중에 시간을 절약해 주기는 할 것이다. 취조에서 시간은 절대적으로 중요한 요소다.

"형사님 명성은 잘 알고 있습니다. 글도 읽고 테이프도 들었죠. 덕분에 취조할 때 도움도 많이 받았답니다."

세러 다운즈는 이 말을 마치고 잠시 망설였다. 뭔가 더 할 말이 있지만 그만두기로 마음을 정한 것이리라.

"고맙군요."

트렌트가 등을 기대고 앉자 리무진이 천천히 움직이기 시작했다. 짙게 코팅된 창이 두 사람을 바깥세상과 단절시켜 주었다. 유리 칸막이 너머의 운전기사도 검은 그림자로만 보였다.

"브랙스턴은 시나리오가 완성되었다고 했습니다. 피의자는 동네 아이들 네 명과 함께 경찰 본부에 와 있습니다. 물론 모두들 수사를 돕는다는 명목으로요. 용의자는 형사님하고만 있게 될 것이며, 모든 일정이 형사님의 도착에 맞춰져 있습니다."

그는 그녀를 돌아보았다. 꼬집어 말할 수는 없지만 그녀의 목소리에는 뭔가가 있었다. 말투? 억양? 화장은 여린 분홍빛 립스틱뿐이고 회색 정장에 흰색 블라우스 차림이었다. 우아하면서도 무척이나 절제된 분위기. 나이는 30세 전후. 차분한 무채색의 매력이 돋보이는 여자였다.

그녀 옆에 있으니 갑자기 자신이 늙었다는 생각이 들었다. 그에 비하면 그녀는 너무나 신선하고 생생했다. 물론 그가 열 살이나 열다섯 살쯤 나이가 많기는 하겠지만, 나이 때문만은 아니었다. 그 모든 자백들, 지금까지 귀 기울여야 했던 끔찍한 행위들. 세월이 아니라 그런 것들이 둘 사이의 간극을 무한까지 벌려 놓고 만 것이다. 요컨대 두 사람은 종족 자체가 달랐다.

"배경 얘기 좀 해 봐요."

트렌트가 부탁했다.

"팩스를 받아 보셨을 텐데요. 브랙스턴 경위님은 꼼꼼한 분이시죠."

"당신한테서 듣고 싶소. 용의자 얘기부터."

"아시겠지만, 이름은 제이슨 도런트예요. 나이는 열두 살, 수줍음도 많고 다소 내성적인 편이죠. 체포된 적은 없지만 작년에 학교 식당에서 급우를 공격한 적이 있어요. 알려진 동기는 없었고요. 이번 사건의 피해자와는 아는 사이였습니다. 같은 동네에 살았는데 그녀가 죽기 전에 만난 마지막 목격자이거나 그중 한 명입니다. 브랙스턴은 그 애가 가해자라고 확신하고 있습니다만."

다시 아까의 그 말투. 그건 의혹의 무게였다. 트렌트의 직감이 틀린 적은 거의 없었다. 아니면 어떻게 그 수많은 성공이 가능했겠는가. 그런 그는 본능에 따라 그녀의 허를 찔러 보았다.

"당신은?"

그녀가 놀라 트렌트를 보았다.

"저요?"

"그래요, 당신도 그 애가 가해자라고 생각하는 거요?"

"제 생각은 의미가 없습니다."

"아니, 있어요. 의미가 없는 건 없소. 게다가 난 일을 시작하기 전에 가능한 한 모든 걸 알아야 해요."

그녀가 어깻짓을 했다.

"좋아요, 다소 의심스러운 건 사실이에요. 결정적인 증거도 없고 아이를 사건과 연결시킬 만한 정황도 없으니까요. 솔직하게 말씀드리면, 브랙스턴이 압력 때문에 초조해하는 것 아닌가 하는 생각도 듭니다. 여론이며 상원 의원이며……. 그래서 너무 서두르는……"

"다른 용의자는?"

"아뇨, 없습니다. 가족도 모두 조사했지만, 아버지, 어머니, 오빠 모두 알리바이가 확실해요. 아버지는 회사에, 어머니는 친구와 쇼핑 중이었죠. 열세 살짜리 오빠는 이름이 브래드인데, 오후 내내 친구들과 있었어요. 다른 단서는 없습니다. 그래서 제이슨 도런트만이 남은 겁니다. 하지만 전 아무래도 께름칙해요. 제이슨이라는 아이도 그렇고."

머리카락 몇 올이 풀려 그녀의 이마 위로 흘러내렸다.

"아직 한 가지 일이 남았어요, 미즈 다운즈."

"그게 뭐죠?"

"심문."

그녀의 얼굴이 굳고 두 뺨이 팽팽해졌다.

"심문이 진실을 드러낼 거라고 생각하지 않소?"

트렌트가 물었다. 그녀가 한숨을 내쉬며 그를 보았다.

"그래야겠죠. 하지만……."

어깻짓.

"하지만?"

그녀는 갑자기 작심이라도 한 듯 그를 똑바로 바라보았다.

"형사님은 자백을 이끌어 내는 전문가이세요. 이곳에 오신 이유도 그 때문이죠. 하지만 전 그게 더 걸려요."

그녀가 말했다.

"내가 찾는 게 진리는 아니라는 뜻이군. 심문의 결과가 곧 진리는 될 수 없다?"

그가 되물었다.

"항상 그런 건 아니잖나요? 블레이크 사건과 애버트 사건. 둘 다 자백을 철회한……"

"하지만 법정에서 유죄가 입증되었소. 기록과 진술을 부인하는 건 어려운 일이오……."

이제 트렌트는 세러 다운즈가 불편한 이유를 알 수 있었다. 심문에 대한 그녀의 불신 때문만은 아니었다. 그녀는 로티를 닮았다. 겉모습은 달랐다. 세러 다운즈는 절제되고 우아한 반면, 로티는 제멋대로였다. 친구들과 마르가리타 몇 잔을 한 후엔 난잡하기까지 했다. 로티는 정도 많았다. 길 잃은 고양이부터 공원 벤치의 노인들까지 그녀의 보살핌을 받지 않은 생명체는 없었다.

하지만 세러 다운즈의 목소리에 담긴 회의와 의심, 그리고 그녀의 태도는 로티가 죽기 전날의 슬픈 대화를 떠올리게 했다.

"이제 당신이 누군지도 모르겠어요. 도대체 어떤 사람이죠?"

로티가 물었다.

트렌트는 그녀가 취했다고 생각하고 장난처럼 대꾸했다.

"당신이 보는 그대로야."

"내가 뭘 보고 있는 건지도 모르겠는걸요."

로티가 비꼬았다. 그러고는 갑자기 정색을 하더니, 두 눈이 번쩍였고 목소리도 섬뜩할 정도로 또렷해졌다.

그녀의 갑작스러운 태도 변화에, 트렌트는 한 걸음 물러나 그간의 생활을 되돌아보았다. 본부에서 보낸 시간들, 취조실이라는 이름의 도로에서 올바른 대답을 얻어 내기 위해 벌어야 했던 끝없는 추격전들. 문득 얼마나 그녀를 외면해 왔는지 알 수 있었다. 그저 동물 보호소의 자원봉사 일에 만족한다고, 친구들과 마시는 술 한 잔이나 한가로운 독서를 좋아한다고만 생각했는데…….

"아니, 잠깐만. 이제 당신 정체를 알겠어요. 심문 기술자 맞죠? 그게 당신 직업이고, 그게 당신의 정체예요."

그녀는 놀라운 발견을 했다는 듯 목소리를 높였다.

'그게 당신의 정체예요.'

그건 비난이었다.

그것이 두 사람이 나눈 마지막 대화였다. 그가 레인 사건의 노트를 점검하고 침대로 갔을 때 그녀는 잠들어 있었다. 다음 날 아침 일찍 본부로 나설 때도 깊이 잠든 모습을 확인했다. 저녁 무렵, 그는 무기력한 모습으로 그녀의 병실 밖을 지켜야 했다. 황당하기

짝이 없는 사고였다. 사소한 접촉 사고에 불과했건만 에어백과 안전벨트가 공모해 그녀를 죽음으로 몰아갔다. 안전장치가 살인 무기로 돌변해 그녀를 가둬 버린 것이다. 로티는 의식을 회복하지 못한 채 한밤중에 숨을 거뒀다. 그날부터 오늘까지 줄곧 애도의 연속이었다. 그는 지난 열여덟 달 동안 그녀의 죽음이 앗아 간 나날들을 애도했고, 바보처럼 낭비해 버린 지난 세월을 원통해했다.

'그게 당신의 정체예요.'

그녀가 내린 최종 판결이었다.

그는 이런 상념들을 떨치고 간신히 리무진 속 현실로 돌아왔다. 짙게 코팅된 창 너머로 풍경이 조용히 초현실적으로 흘러가고 있었다. 세러 다운즈는 언제부터인지 다리를 꼬고 앉았다. 굽 낮은 구둣발이 앞뒤로 흔들렸다. 흔들흔들.

신체 언어. 그간의 심문을 통해 너무도 익숙해진 언어다. 작은 실마리를 담은 동작들. 손짓과 발짓. 긴장과 이완. 상체의 각도. 턱의 위치와 눈썹의 떨림. 그 모든 것이 의미를 담고 있다. 세러 다운즈는 어떤 의미를 전하려는 걸까? 흔들거리는 다리. 가슴 앞에 낀 팔짱. 관자놀이의 가녀린 맥박.

"희생자 얘기 좀 해 봐요. 어린 소녀라고 하던데."

"얼리셔 바틀릿. 일곱 살. 조숙하지만 착한 애였죠. 공손하고 태도도 올곧았어요. 여성스럽고 여자애들 인형을 좋아했고요. 취미는 직소 퍼즐. 다른 애들과 달리 컴퓨터게임 같은 건 안중에도 없었다더군요. 제이슨 도런트가 마지막으로 찾아갔을 때도 함께 퍼즐을 맞췄죠."

트렌트는 열두 살 제이슨 도런트와 일곱 살 얼리셔 바틀릿이 함께 있는 그림을 그려 보았다. 머리를 맞대고 직소 퍼즐을 맞추는 두 아이. 이제 그들이 풀어야 할 퍼즐이 된 셈이다.

문득 세러 다운즈의 흔들거리던 발이 멈췄다.

트렌트는 기다렸다. 마침내 그녀가 입을 열었다.

"그보다 궁금한 게……."

그녀가 머뭇거리다가 그냥 입을 닫아 버렸다.

"미즈 다운즈?"

그의 목소리는 가벼웠지만 장난기는 없었다. 오히려 순수한 관심이 드러나기까지 했다.

"먼저, 세러라고 부르세요. 어차피 함께 일하게 될 테니까요."

트렌트는 잠시 멈칫했다. 지금껏 자신의 사생활에 누구도 허용해 본 적은 없었다. 로티의 죽음 이후로는 일부러 사람을 피하기도 했다. 그는 혼자서 일했고 여행도 가볍게 떠났다. 하지만 지금은 어떤 식으로든, 그가 단순한 취조 기술자가 아님을 이 젊은 여인에게 알려 주고 싶었다. 용의자와 희생자들의 인간적인 조건을 무시하는 괴물이 아니라고 말해 주고 싶었다.

"좋아요, 세러. 뭐가 궁금한 거죠?"

그는 그녀의 이름을 부르면서도 자기 이름은 밝히지 않았다.

"어떻게 견디세요? 그 모든 자백들. 이따금 신부님들이 고백성사를 어떻게 감당하는지 궁금했어요. 어둠 속에 앉아, 사람들의 죄와 사람들이 서로에게 가하는 온갖 악행들을 들어야 하는 거잖아요."

온갖 악행들.

모든 사다리가 시작되는 그곳에 누워야 하네.

내 마음의 더러운 고물상에.

그 오랜 세월을 거쳐 일종의 신조가 되어 버린 옛 시.

그는 그 시구를 읊조렸다. 거의 혼잣말이나 다름없는 낮은 목소리.

"모든 사다리가 시작되는 그곳에 누워야 하네. 내 마음의 더러운 고물상에."

"예이츠."

그녀가 말을 받았다.

그녀가 그 시를 안다는 사실이 고마웠다.

"내가 불면증에 시달리는 건 사실이오. 가끔은, 끔찍한 일이 벌어졌다는 사실 말고는 아무 기억도 없는 악몽에서 깨어나기도 하지. 그 모든 것이 취조실에서 들은 얘기들 때문이겠지만 누구든 고독하게 사는 법을 배우는 법이죠."

이 젊은 여자한테 도대체 뭘 고백하려는 것일까? 로티에게조차 해 본 적 없으면서?

"끔찍한 건, 그래도 신부들은 죄를 사해 줄 수 있다는 사실이오.

죄지은 자를 사면해 주고, 심장을 깨끗하게 씻어 제 갈 길을 가게 해 주지. 하지만 난 그들의 고백 성사를 추려 기소장을 꾸려 내요. 그리고 내 갈 길을……"

"또 다른 사건과 취조를 향해."

그가 고개를 끄덕였다.

"그래서, 그게 다인가요?"

'그게 당신의 정체예요.'

아니, 그것 말고 또 뭐가 있어야 하는가?

갑자기 리무진이 흔들리는 통에 그는 세러 다운즈와 거의 부딪칠 뻔했다. 어깨가 닿으며 희미한 화장수 향이 다가왔다. 숲 속 오솔길에서 불어오는 부드러운 산들바람. 문득 떠오른 옛 노래의 메아리.

"죄송합니다. 길에 개 한 마리가……."

운전석과 연결된 스피커에서 나온 소리였다.

세러 다운즈가 어색한 미소와 함께 매무새를 다듬었다.

"아무래도 전 오래전부터 형사님을 우러러봐 왔던 것 같아요. 전문적이고 효율적이고……."

그녀가 말꼬리를 흐렸다.

"하지만 이젠 확신이 없다?"

그가 되물었다.

그녀가 그를 돌아보았지만 아무 말도 하지 않았다.

저 깊고 푸른 눈에 떠오른 것은 무엇일까? 아마도 동정? 아니면 반감? 그런데 어느 쪽이 더 끔찍한 거지?

형언할 수 없는 슬픔이 그를 짓눌렀다. 그와 더불어 오래된 옷만큼이나 익숙한 피로감도 밀려들었다. 리무진은 계속해서 마뉴먼트로 달려가고 있었다.

# 9

브랙스턴 경위는 경찰 본부 뒷문에서 트렌트를 맞아 주었다. 자신을 소개하는 경위를 보며 트렌트는 강철 같은 강단을 느낄 수 있었다. 큰 키에 마른 체형. 조각처럼 각진 얼굴과 광대뼈와 턱. 땀으로 얼룩진 셔츠, 그리고 그 안에 감춰진 날카로운 어깨뼈.

브랙스턴이 먼저 인사를 건넸다. 목소리는 생생했으며 악수는 단호하고 짧았다.

"와 줘서 고맙소. 곧바로 시작합시다. 자세한 설명은 세러 다운즈한테 들었을 거요."

그건 질문이 아니라 단언이었다. 대답은 불필요했다.

세러는 두 남자에게 짧은 고개인사를 건넨 후 조용히 물러났다.

"갑시다."

브랙스턴은 명령조로 말한 다음 곧바로 복도 쪽으로 돌아섰다.

트렌트는 재촉당하는 걸 싫어했기 때문에 일부러 뒤쪽에서 미적거렸다. 브랙스턴이 걸음을 멈추더니 어깨 너머로 그를 돌아보았다.

"의원님께서 지금 기다리고 계실 거요."

그 말과 동시에 기번스 상원 의원이 복도에 모습을 드러냈다. 그는 정말로 정치 만화에서 오려 낸 사람 같았다. 요컨대 모든 게 과장된 캐리커처 같은 느낌이었다. 백발, 주먹코, 커다란 미소, 반짝이는 뻐드렁니. 하지만 그 모든 과장을 상쇄하는 권위가 배어 있었다.

트렌트는 호들갑스러운 인사를 기대했으나 기번스 상원 의원은 놀랍게도 부드러운 악수만을 청했다.

"와 줘서 고맙네. 용의자가 기다리고 있어. 트렌트, 우린 모두 자네가 최선을 다해 줄 거라고 믿고 있네. 마을에서는 누군가 체포되기를 기다리고, 부모들도 당혹해하고 있지."

그가 머뭇거리다가 인상을 찌푸리며 덧붙였다.

"나를 포함해서. 트렌트, 우린 자네를 믿네. 만일 이 사건을 밝혀 준다면 나도 큰 신세를 지는 셈이겠지. 자네가 필요로 한다면 뭐든 성심성의껏 도와줌세."

마지막 말도 잠시 쉬었다가 덧붙였는데, 물론 극적 효과를 더하기 위해서이리라.

정치인들의 공약에 환상은 없었지만, 적어도 이것은 선거 운동이 아니라, 상원 의원이 개인적으로 결부된 살인 사건이었다.

상원 의원 옆으로 가 있던 브랙스턴이 조바심을 내기 시작했다.

"작업실을 보여 드리리다."

트렌트의 맥박이 빨라졌다. 심문과 자백, 그 밀고 당기는 줄다리기 게임을 향한 열정이 다시금 서서히 불붙기 시작했다.

브랙스턴이 안내한 방은 완벽했다. 작고 현기증 나고 답답한 공간. 창문이 없는 덕에 차양을 여닫는 고생을 할 필요도 없었다. 책상들 위에도 램프는 없었고, 천장에 매달린 전구에서 자극적이고 부담스러운 불빛이 곧바로 내리꽂혔다. 물론 에어컨이 있을 리 없었다. 실제로 트렌트는 방에 들어서는 순간부터 가벼운 열기를 느꼈다. 책상 두 개와 캐비닛 하나가 방 대부분을 차지했는데, 그건 용의자와 책상 양쪽에 거의 무릎을 맞댈 정도로 붙어 앉아 씨름해야 한다는 뜻이다. 물론 의도된 것이다. 좁은 공간에서 용의자를 끊임없이 갑갑하고 불안하게 만들어야 하기 때문이다.

"오케이?"

브랙스턴이 살짝 인상을 찌푸리며 물었다. 저 인간이 평생 단 한 번이라도 긴장을 풀어 본 적이 있는지 궁금했다.

"오케이. 내가 원하는 그대로군요."

그가 인정했다.

"좀 더 빡빡하게 만들기 위해 책상 하나를 더 넣었소."

"완벽합니다."

"주문대로 의자 하나를 다른 것보다 높은 것으로 했소. 물이나 다과가 필요하겠소?"

"그런 건 필요 없습니다. 칼날같이 엄숙해야 하니까요."

"잘됐군."

브랙스턴이 가벼운 만족감을 나타냈다.

"시간은 얼마나 있죠?"

"모친이 께름칙해하고는 있지만 그렇다고 의심까지는 아니오. 남편은 출장 중이라 내일 들어오고. 적어도 세 시간은 보장하지. 그 후로는 저 애 엄마도 불안해서 전화를 하거나 찾아올지 모르니까."

브랙스턴은 이렇게 말하면서 문에 기대섰다. 만난 후 처음으로 조금 긴장을 푸는 것 같기도 했다.

"다른 아이들은?"

"가짜 취조를 갖고 오래 끌 수는 없소. 한 시간 뒤면 모두 내보낼 생각이지만 그것도 장담 못 해요. 아무튼 이쪽에서 빠를수록 좋겠지."

"두고 봐야죠."

트렌트가 말했다.

트렌트는 방을 한 바퀴 돌아보며 한숨을 내쉬었다. 칼 시튼, 캘리퍼, 이제 이 꼬마까지. 불과 일주일 사이의 일이다. 하지만 열두 살 아이니까 어렵지는 않을 것이다. 그는 기번스와 그가 한 약속을 떠올렸다. 자네가 필요로 한다면 뭐든 성심성의껏 도와줌세. 이는 그에게 필요한 에너지의 공급원이 되어 줄 것이다.

"용의자를 데려오시죠."

그가 말했다.

# 10

소년은 방에 들어오기 전에 문간에서 잠시 망설였다. 약간 마른 편에 깔끔하게 빗은 머리. 카키색 바지는 잘 다려 입었고 격자무늬 셔츠의 첫 단추는 풀어 놓았다.

트렌트는 아이를 경찰서로 떠나보내기 전 이것저것 옷매무새를 챙기는 어머니의 모습을 떠올릴 수 있었다. 어쩌면 손톱까지 깎아 주었을 것이다. 악수를 하면서 손톱을 확인해 보니 물어뜯은 흔적 같은 건 보이지 않았다. 그것 또한 하나의 징후다. 징후 아닌 것이 어디 있겠는가?

트렌트는 그를 방 안으로 이끌었다. 아이는 멈칫멈칫 끌려 들어오면서, 밝은 빛 때문에 두 눈을 깜빡거렸다. 분명 겁먹은 표정이다. 두 눈에 호기심이 어리긴 했으나 낌새를 챈 것 같지는 않았다. 트렌트는 의심의 냄새를 맡는 데는 귀신이다.

그는 얼굴에 미소를 내걸고 양팔을 들어 소년을 환대했다. 아직 하지도 않은 일에 대한 칭찬인 셈이다.

"네가 제이슨이니? 난 트렌트라고 한다."

아이의 성을 빼먹는 건 친근함을 유도하는 전략이다. 하지만 자신은 이름이 아니라 성을 내세움으로써 어느 정도의 권위를 유지했다.

그는 소년에게 자리를 권했다. 물론 아이가 낮은 의자를 찾아가도록 교묘히 이끌었다. 트렌트는 맞은편에 약간 구부정한 자세로 앉았다. 아직 우위를 드러낼 필요가 없기 때문이나, 나중에도 그의 우위는 잠재적으로만 표현될 것이다.

"제이슨, 우선 협조해 줘서 정말로 고맙다는 인사부터 하마. 그리고 가능한 한 빨리, 불편하지 않게 끝내 주겠다. 멋진 정보를 기억해 내 끔찍한 범인을 잡을 수 있다면 정말로 멋질 텐데 말이다."

온화한 목소리에 할 말은 모두 담았다.

아이가 고개를 끄덕였다.

"저도 도움이 되고 싶어요. 열심히 할게요."

그의 첫 번째 말이다. 잘 절제된 목소리. 대답하기 전의 가벼운 호흡. 두 손이 조금 움직이긴 했으나 방어적인 태도는 아니었다.

"그래, 믿는다."

제이슨은 재빨리 방을 둘러보았다. 비로소 주변을 확인할 용기가 생긴 것이다.

"사무실이 좁아서 미안하구나. 빈 방이 하나밖에 없다니 우리가 참아야지 어쩌겠니."

'우리'라는 단어는 아이가 이 상황에 함께 참여하고 있음을 강조하기 위한 배려였다. 그는 파트너이자 같은 편이었다.

제이슨이 고개를 끄덕였다. 좀 더 편안해졌는지 의자에 등을 기대기도 했다.

트렌트는 녹음 버튼에 손을 갖다 댔다.

"정확성을 기하기 위해 대화를 녹음할 생각이야. 그래도 괜찮겠지, 제이슨?"

아이가 고갯짓으로 동의를 표했다.

트렌트는 소년의 선한 얼굴과 커다란 두 눈에 비친 순수함을 보았다. 정말로 순수한 걸까, 아니면 그것마저 가면인 걸까? 사람들의 가면을 감지해 벗겨 내는 것이 그의 임무다. 완전히 벗겨 내지는 않더라도, 가면 아래 감춰진 악의 본성을 엿볼 정도는 되어야 한다. 이 소년한테도 악마가 들어 있을까? 악행을 저지를 능력이 정말로 있는 걸까? 아니, 그 능력은 누구한테나 존재한다. 그는 칼시튼의 순수한 눈빛을 떠올렸다. 그 눈은 제이슨 도런트의 눈과 비슷했다.

트렌트는 우선 큰아버지 같은 목소리를 사용하기로 했다.

"자, 편안하게 가자, 제이슨. 더도 덜도 말고 친구들과 나누는 대화라고 생각해라. 우린 먼저 월요일 사건에 대해 얘기할 게다. 네가 무엇을 보고 기억하는지 말이야."

그는 의식적으로 '살인'이라는 단어를 피했다. 심문이 끝날 때까지 되도록 부담 없는 단어들만 사용할 생각이다. 그리고 제이슨의 이름을 지속적으로 불러 주는 것도 중요하다. 친밀감을 유지해 주고 냉랭한 분위기를 풀어 주기 때문이다.

"기억은 이상한 거란다, 제이슨. 가끔 장난을 치기도 하지. 우리가 기억하거나 기억한다고 생각하는 일들, 그리고 그 반대로 잊었거나 잊었다고 생각하는 일들이 다 그런 거야. 우린 함께 그런 장난들을 파헤쳐 나가는 거야, 그러니까 일종의 모험이라고 생각하려무나."

"저도 도움이 되었으면 좋겠어요."

"그런 걱정은 하지 않아도 된다, 제이슨. 그냥 편하게 있으면 돼. 여긴 우리뿐이니까. 단둘뿐이지. 친구들하고 떨어져 혼자 있어도 괜찮지?"

이제 최초의 중요한 발걸음을 뗄 때가 되었다.

"내 말은, 네가 원한다면 다른 사람을 부를 수도 있단다. 변호사나 상담 선생님이라든지……. 아니면 어머니도 괜찮아."

이 말의 목적은 소년을 고립시키고 변호사나 부모나 보호자로부터 떼어 놓기 위한 것이다. 그건 처음부터 확실하게 해 두어야 했다. 또 아이가 의심하지 못하도록 교묘하게 해치워야 했다. 물론 빼먹을 수는 없었다. 공식적인 기록으로 남기 때문이다. 카세트와 녹취록 모두. 기록으로 남지 않는 것은 트렌트의 세세한 몸짓들이다. 그러니까 다른 사람을 불러들인다는 게 우스꽝스럽지 않느냐는 뜻의 어깻짓 같은 것. 어머니를 언급한 것도 의도적이었다. 아이의 미숙한 자존심을 건드려 어머니의 지원을 바란다는 생각 자체를 포기하게 만드는 수순이다. 결국 이런 요소들이 결합하면, 소년은 그가 원하는 대답을 할 수밖에 없게 된다.

"아뇨, 괜찮아요."

확인 사살도 필요하다.

"오케이, 그럼 그렇게 하자. 어머니 안 모셔 와도 괜찮지?"

"예."

"좋아, 제이슨. 계속할까? 우선, 네 소개를 조금 해 보겠니?"

"에, 열두 살이지만 11월이면 열셋이 돼요. 9월엔 중학교 2학년이 되고요."

그러고는 끝이었다. 더 무슨 얘기를 해야 하는 거지?

"취미는?"

제이슨이 어깻짓을 했다.

"취미 같은 덴 별로 관심 없어요. 가끔 책을 읽고, 인터넷 하고 이메일도 해요. 호주에 펜팔이 있는데 멜버른에 산댔어요."

"인터넷 채팅방?"

"십 대 채팅방이 있는데, 전 그냥 듣기만, 아니 보기만 해요. 말해 본 적은 없어요."

"수줍어서? 그런 거지?"

그가 고개를 조금 기울였다.

"그런가 봐요."

"혼자 시간을 많이 보내니?"

"대개는요. 여동생이 있는데, 이름은 에마예요. 좋은 애죠. 똑똑하고."

"친구들은?"

"많지는 않아요. 친구를 사귀는 데는 소질이 꽝인가 봐요."

특별히 해 줄 말이 없었다. 이 트렌트 형사라는 아저씨가 실망할지 모른다는 생각은 들었지만 그래도 제이슨은 월요일 일에 대한 질문이나 했으면 좋겠다고 생각했다. 이런 사적인 질문이라니. 이런 얘기들이 그날 보거나 보지 못한 일하고 무슨 상관이란 말인가? 그가 증인으로서 얼마나 신빙성이 있는지 알아내려는 과정이겠지만 그런 식의 질문은 불편할 뿐만 아니라 자기 인생이 얼마나 공허한지를 깨닫게 해 주었다. 다른 방의 아이들은 할 말이 정말로 많을 텐데……. 이를테면 잭 오셔와 팀 코너스는 지금까지 이긴 야구 시합에 대해 잔뜩 떠벌릴 것이다. 그런데 그가 해 줄 수 있는 얘기라고는 호주에 사는 이메일 펜팔? *가끔 책을 읽어요.*

"어떤 종류의 책을 읽지?"

트렌트 형사가 물었다. 마치 머릿속을 읽기라도 한 것 같았다.

"그냥 닥치는 대로요. 미스터리를 제일 좋아해요. 공포 소설. 스티븐 킹. 공상 과학물."

"그런 책들이 너무 폭력적이라는 생각은 안 해 봤어? 사람들이 서로 죽이고 그러잖아?"

"그냥 이야기인걸요. 진짜가 아니에요."

"영화나 텔레비전은 어때? 그것도 폭력적인 장르를 좋아하니?

공포 영화 같은 거?"

제이슨은 당혹스러웠다. 공포 소설들을 좋아하기는 해도 눈에 불을 켜고 보는 정도는 아니다. 그런데 질문은 왠지 그가 공포물에 환장한 놈처럼 느끼게 만들었다.

"다른 소설과 영화도 좋아하는걸요. 그러니까, 「인디애나 존스」나 「스타 워즈」 같은 모험 이야기 말이에요."

"그런 것들도 어느 정도는 폭력적이야, 안 그래?"

"모르겠어요. 그냥 가짜라고 생각했는데."

정말로 그런 이야기들을 만화 영화 정도로 여겼다. 진짜 삶하고는 아무 상관이 없는.

"비현실적인 이야기들에 빠져들고 그러진 않아?"

트렌트가 물었다.

그랬나? 잘 모르겠다. 그런 생각은 한 번도 해 본 적이 없었다.

"가끔 진짜하고 가짜하고 헷갈리기도 하니?"

제이슨은 답답하기도 하고 불안하기도 했다. 그래도 그런 모습은 가급적 드러내지 않을 생각이다.

"무슨 말인지 모르겠어요."

문득 이해도 안 되고 머릿속에 들어오지도 않는 일을 설명하는 학교 선생님이 떠올랐다. 이런 식의 진짜, 가짜 얘기도 접수가 안 되기는 마찬가지였다.

"내 말은, 실제 있는 일을 정확히 의식하고 있느냐는 거야. 어떤 일이 일어날 때 그게 진짜라고 확신해? 아니면 진짜가 아니라 환상이라고 생각할 때도 있니? 꿈처럼 말이야? 그러니까, 실제로 일어나고 있는 일을 꿈하고 혼동할 때도 있느냐는 거야."

"아뇨."

그는 단호하게 부인했다. 도대체 왜 이런 질문들을 하는 거람?

트렌트는 더 질문하고 싶었다. 이 소년의 태도, 불안해하는 모습, 두 손을 얼굴로 가져가거나 팔을 긁는 행위. 그 모든 것이 그의 결백함과 당혹감을 보여 주고 있었다. 하지만 기록되는 건 폭력적인 영화와 소설들을 즐기는 취향뿐이었다. 나중에 그 얘기들이 어떤 식으로 작동할지는 모르겠지만.

하지만 소년을 불편하게 만들 필요는 없다. 그는 주제를 바꾸기로 했다.

"자, 이제 월요일 이야기를 해 보기로 하자. 네가 얼리셔하고 퍼즐을 맞추던 그날이야."

그날 얼리셔가 살해당했다는 얘기는 하지 않았다.

제이슨은 정말로 맹렬히 고개를 끄덕였다.

"그날 얘기를 해 보겠니, 제이슨? 그냥 전체적으로 한 일들을 얘기해 주면 그다음에 함께 세세하게 따져 보는 식이 될 게다. 그때 네가 기억하지 못한다고 생각하는 일들을 기억할 수 있도록 도와주마. 그냥 일종의 게임으로 생각하면 돼, 알았지?"

"예."

다시 편안해진 목소리.

이윽고 제이슨이 얘기를 시작했다. 그날 했던 일들. 아침에 일어나서 아침을 먹고, 엄마와 YMCA에 가서 점심 식사를 했다. 치즈버거. 그리고 오후. 얼리셔네 집에 가서 퍼즐을 맞추고 집에 왔다. 그는 형사한테 그런 얘기들을 들려주었다.

트렌트는 소년의 얘기에 귀를 기울였다. 그의 눈과 귀는 아이의 목소리, 자세와 태도, 그리고 몸동작이 어떤 식으로 진술과 조화를 이루고 어긋나는지를 놓치지 않고 기록해 갔다. 심문이 끝날 때면 몸도 마음도 완전히 탈진해 버리는 것은 그 때문이다. 모든 감각을 피의자에 집중해, 정보와 미묘한 낌새와 인상을 흡수하고 수집하고 분석하는 일이 아닌가?

이제 심문이 새로운 국면에 접어들 때가 되었다.

"월요일, 네 기분은 어땠지?"

"기분이 어땠냐고요?"

제이슨은 놀라고 당혹스러웠다.

"그래. 기분이 좋았어? 아니면 슬프거나 화나는 일 같은 게 있었니?"

또다시 제이슨은 불안하고 불편했다. 뭔가 어긋나고 있는 듯한 기분.

"질문이 이상해요. 내 기분이 어땠냐고요? 그러니까, 내 기분 때문에 그날 내가 보거나 한 일이 달라지기라도 한다는 얘긴가요?"

트렌트의 머릿속에 빨간불이 켜졌다. 무턱대고 온순하고 순진한 아이가 아니었다. 아무래도 조금 더 신중하게 접근해야 할 것 같다.

"에, 예를 들어, 어떤 걱정 같은 게 있으면 마음이 흐트러질 수도 있는 법이란다. 그럼 관찰력이 무뎌질 수 있지 않겠어?"

"알았어요. 하지만 그렇진 않았어요. 오히려 행복한 쪽이었죠. 학교가 방학을 했는걸요. 수업도 숙제도 없잖아요. 예, 기분이 좋았어요. 그것 때문에도 마음이 흐트러지나요?"

"어쩌면 그럴지도 모르지. 알아보자꾸나."

소년이 다시 미심쩍은 표정을 지었다.

"자, 다시 한 번 해 보자. 처음에는 그날 오후에 아무도 못 봤다고 했지? 우리는 잠재적인 관찰 시간을 오후, 그러니까 점심 식사 후로 좁혔지. 그건 실제로는 두 개의 시간이란다. 그러니까 얼리셔와 만나 놀기 전하고, 그 후인 셈이지. 네가 그 애 집으로 갈 때하고 나중에 집으로 돌아갈 때. 우선 첫 번째 시간부터 해 볼까? 누굴 보고 누굴 만난 거지?"

제이슨은 그제야 그 방이 덥다는 사실을 깨닫기 시작했다. 질문이 진행될수록 열기가 더욱더 집요하게 물고 늘어지는 것 같았다. 어느새 트렌트 형사도 부담스러울 만큼 가까이 와 있었다. 무릎이 거의 맞닿을 정도다. 그런데 이 아저씨가 이렇게 덩치가 컸던가? 이제 그는 제이슨이 처음 방에 들어왔을 때보다 훨씬 커져서, 왠지 그를 덮쳐 버릴 것만 같았다. 무엇보다 면담을 망칠 거라는 불안감이 더욱 커져 갔다. 의심스러운 사람을 한 명도 보지 못했기 때문이다.

"말씀드린 대로, 의심스러운 사람은 모르겠어요."

"하지만 제이슨, 우리는 수상한 사람이 어떻게 보여야 하는지도 아직 모른단다. 나는 골목 구석에 숨어 있는 이방인을 얘기하는 게 아냐. 그저 뭔가 달라 보이는 게 없었는지 묻는 거야. 약국 주인을 예로 들어 볼까? 가끔 약국에 갔기 때문에 너도 잘 아는 얼굴일 게다. 사람 자체는 의심스러울 게 없지만 만일 그가 약국에 있지 않다면 어떨까?"

그는 아이의 얼굴에서 당혹감을 잡아 내고 얼른 부연 설명을 해 나갔다.

"약사 아저씨가 약국에 있어야 할 시간에 다른 곳에 있었다고 가정하자는 거다. 만일 그 아저씨가 공원을 황급하게 달려가고 있었다면, 사람 자체로는 수상할 게 없어도 의문을 가져 볼 사람이 되는 거란다. 그가 그 시간에 있는 장소와 그 시간에 한 행동 때문이지. 내가 원하는 건 그런 거야."

"자, 그날 오후 얼리셔의 집으로 가는 길에 누굴 봤는지 말해 볼래?"

제이슨은 이제 좀 더 자신감이 생겼다. 지금부터는 트렌트 형사한테 그가 본 걸 정확하게 얘기하고 뭐가 수상한 건지는 그가 결정하도록 할 참이다.

"예, 우편배달부 아저씨를 봤어요. 이름은 모르지만 자주 보는 아저씨예요. 하지만 그 아저씨는 우리 동네가 아니라 메인 스트리트의 가게와 회사 같은 데만 배달해요. 그날도 평소처럼 배달 중이셨고요."

"그를 본 게 어디지?"

"부동산 사무실하고, 복사기나 프린트 장비가 많은 가게 사이의 건물로 들어가시던데요. 편지하고 소포 같은 걸 잔뜩 들고 계셨어요."

"그럼, 문맥에서 벗어난 건 없다는 얘기구나."

그는 이 아이가 '문맥'이라는 단어를 아는지 확실히 짚어 보고 싶었다.

"예. 늘 있던 데 계셨고, 평소에 하시던 일을 하고 계셨으니까요."

"잘했다."

트렌트가 칭찬을 해 주었다.

제이슨도 만족스러운 미소를 지었다. 처음으로 올바른 대답을 해낸 것이다. 물론 그렇다고 그게 어떤 의미인지 알 도리는 없었다. 수사에 도움이 된 것 같지도 않았다.

"또 누가 있지?"

트렌트가 물었다. 이런 시시한 짝퉁 질문은 지루했지만 내색하지는 않았다.

"에, 학교에서 돌아오는 아이 둘이요."

"혼자였니, 아니면 함께였니? 그러니까 그 애들을 따로따로 본 거야, 함께 있는 걸 본 거야?"

"어, 둘은 자전거를 밀고 갔어요. 자전거 하나가 펑크가 났거든요. 같은 학교 아이들인데 이름은 저도……"

"너보다 어렸어? 아니면 동갑?"

"어렸어요. 사오 학년 정도였을 거예요."

그러다 갑자기 제이슨이 헉 하고 숨을 들이마셨다. 문득 어떤 생각이 들었는데 그 뻔뻔스러움에 스스로 질리고 만 것이다. 그 순간 트렌트 형사도 눈을 가늘게 떴다. 그도 제이슨의 머릿속에서 꿈틀거리는 생각을 보았다. 제이슨을 당혹스럽게 한 생각은 바로 이런 거다. 내가 누군가를 용의자처럼 꾸밀 수도 있다는 사실. 낯선 사람을 목격했다고 말할 수도 있는 노릇이 아닌가. 이 트렌트 형사 아저씨를 흡족하게 해 주고, 내가 대단한 관찰력을 지녔음을 증명해 줄 누군가를.

하지만 그와 동시에 제이슨은 자신의 거짓말 솜씨가 젬병이라는 사실도 깨달아야 했다. 누군가를 속이려 할 때면 얼굴부터 빨개지고 관자놀이에서 맥박도 위험스럽게 펄떡거렸다. 엄마 아빠한테, 숙제를 다 했다거나 아예 숙제가 없다고 말할 때면 늘 그랬다. 학교에서 선생님들이 눈을 부라리며 뭔가 수상한 행동을 하는 놈을 노려볼 때도, 그는 무조건 얼굴부터 붉어지기 시작했다. 아무 잘못이 없으면서도 이상하게 보일까 봐 무턱대고 겁부터 났기 때문이다. 그런데 저렇게 사람을 꿰뚫어 보는 눈으로, 제이슨의 머릿속을 훤히 들여다보고 지금 무슨 꿍꿍이인지 다 알고 있다고 말하는 형사 아저씨를 어떻게 속인단 말인가? 제이슨은 고개를 떨구어 시선을 피했다. 거짓말도 불가능했고, 보지도 않은 사람을 봤다고 할 수도 없었다.

당연히 트렌트도 소년의 눈에서 찰나의 누설을 감지했다. 저 눈빛은? 눈 깜짝할 새보다 더 짧은 찰나에, 소년은 뭔가 은밀하고 음흉한 음모를 정신의 표층으로 드러냈다가 재빨리 거두어들였다. 뭔가 기억난 것일까? 그런데 그냥 내버릴 참인 건가? 아니면 일종의 고백? 의도된 속임수? 트렌트는 그 짧은 순간, 소년의 몸이 반응했다는 사실에 주목했다. 갑자기 방어적으로 돌변한 것이다. 일순 빳빳하고 팽팽하게. 아이의 내면에서 무슨 일이 벌어진 게 분명했다. 이를테면 표층 아래로 움직이는 단층선 같은 것. 트렌트의 머리에도 경고등이 켜졌다.

"왜 그러니?"

"뭐가요?"

소년이 놀란 표정을 지었다. 얼굴에 가득한 두려움. 널 뛰듯 불안하기만 한 눈동자.

"제이슨, 거짓말은 현명한 짓이 못 돼. 우리는 서로를 믿어야 한단다. 나도 너를 믿고 마찬가지로 너도 날 믿어야 해. 어쨌든 네가 사실을 말해 줄 거라고 믿을 수밖에 없잖니? 거짓말은 결국 문제를 낳는다. 진실은 드러나게 마련이야. 질문을 하는 이유도 진실을 가리기 위해서가 아니겠니?"

마침내 죄의식의 표정. 트렌트는 소년이 순간적으로 거짓말을 생각했다가 이내 포기했음을 확신했다. 어쩌면 심문과 상관없이 잘못 끼어든 생각이거나, 한순간 멋모르고 싹을 틔운 공상이었으리라. 심문을 하는 도중 피의자가 흔들리거나 딴생각을 하는 경우는 얼마든지 있다. 이따금 새로운 접근 방법을 고안해 내기도 하고 거짓말을 하기로 결심도 하지만, 대개 그런 것은 신체 언어로 감지되고 만다. 소년의 경우에는 일탈이 너무나도 순식간에 왔다 갔기에 신체 언어 역시 짧을 수밖에 없었다. 아이는 금세 시무룩해졌다. 요컨대, 위기가 떠나가 버린 것이다.

"그다음에도 본 사람이 있니?"

트렌트가 물었다. 그 문제는 그냥 넘길 생각이지만 일단 경계경보를 켜 두기로 했다. 처음부터 긴장은 했으나 이제부터는 조금 더 신경을 써야 했다. 거짓 진술의 가능성은 여전히 남아 있다.

소년은 멍해 보였다. 눈도 풀리고 몸도 처져 있었다.

"잠시 쉬자꾸나."

트렌트가 말했다.

위험한 일이긴 하지만, 트렌트도 가끔은 상황에 따라 취조를 멈추기도 했다. 지금은 소년을 쉬게 하고 약간의 이완을 허락할 때라고 그의 직관은 말하고 있었다. 다른 때라면, 자백과 폭로라는 이름의 절정을 향해 일말의 틈도 없이 무자비하게 몰아치는 게 관건이겠지만, 이 아이에 관해서라면 그건 나중 일이다.

아이는 제안에 놀라 인상을 찌푸렸다.

"아무래도 조금 쉬는 게 좋겠다. 나도 잠시 나갔다 오마. 뭐 마실래? 돌아올 때 소다수라도 가져다줄까?"

그가 물었다.

물론 트렌트는 마실 것을 챙겨 주지 않을 것이다. 그거야 잊었다고 하면 그만이다. 하지만 음료수 얘기를 하는 것만으로 아이는 새삼 갈증을 의식할 수밖에 없다.

"고맙습니다."

제이슨이 말했다. 휴식은 고맙지만 마음은 여전히 불편했다. 질문은 전혀 예상과 다른 쪽으로 움직였고 상황이 어떻게 돌아가는지도 종잡을 수가 없었다. 잘하고 있긴 한 걸까? 방학이 끝나 학교로 돌아온 기분이었다. 시험에 통과했는지 떨어졌는지, 객관식 문제에서 올바른 답을 골랐는지 아닌지 자신 없을 때 느끼던 기분이었다.

# 11

복도에 나가자마자 트렌트는 세러 다운즈와 부딪힐 뻔했다. 그녀는 문 바로 밖에 서 있었다. 브랙스턴과 상원 의원은 보이지 않았다.

그녀를 만난 게 기뻤다. 어두운 경찰 본부를 밝혀 주는 뜻밖의 은혜로운 빛줄기.

"보고 있었소?"

그가 물었다. 목소리에서는 장난기까지 묻어났다.

"관심이 있으니까요. 할 일이 없을 때는 늘 복도를 쏘다니곤 해요. 어떻게 돼 가요?"

그가 어깻짓을 했다.

"아직 준비 단계일 뿐이요. 착한 애 같더군. 태도도 올바르고, 아직까지는 진지해 보이기도 해요."

그녀를 생각해서 '아직까지는'을 굳이 강조하지는 않았다.

"그 말을 들으니 기쁘네요."

"그 밖에 새로운 소식이 있소?"

"아무래도 새로운 단서를 찾는 것도 포기한 모양이에요. 브랙스턴이 열심히 코를 킁킁거리면서 다니는 것 같지만. 아무튼, 그분은 잠자는 걸 못 봤어요."

브랙스턴의 잠버릇까지 챙기는 그녀는 별로다.

"그 밖에는 아무것도 없어요. 지금은 형사님이 저 안에서 범인을 잡아 주기를 기다리는 모양새죠. 다만……"

"다만? 아이의 무죄를 입증할까 봐 걱정이라는 거요?"

"그러실 건가요?"

그녀의 목소리에 비난이 실려 있었던가?

이 젊은 여성이 왜 이토록 마음을 어지럽히는 거지? 왜 그녀에게 나 자신을 입증해 보이는 게 중요하게 느껴지는 걸까?

"무죄라면 그것도 알아내야죠."

그가 대답했다. 다시 화장수 향기. 여성적이고 섬세한.

"그러기를 바랄게요. 아무튼 아까 차에서 버릇없게 굴어서 죄송해요. 이젠 형사님 일이 얼마나 어려운지 알 것 같네요. 사과할게요."

그녀가 이렇게 말하고는 놀랍게도 손을 내밀어 그의 팔을 건드렸다.

"사과할 필요 없어요."

그는 갑자기 기분이 좋아졌다. 누군가 창문을 열어 시원한 산들 바람을 복도에 흘려 놓기라도 한 것 같았다.

"돌아가 봐야겠소. 아이한테 몇 분 여유를 줄 생각이었소. 지금까지 질문으로 충분히 흔들어 놓았으니 이제 다음 단계로 넘어가야겠지."

하지만 그는 대화를 끝내기 싫었다.

도대체 왜 이런 이야기까지 주절대는 거람? 내가 뭘 하든 이 여자가 알 바는 아니잖아?

"두 사람 모두에게 행운을 빌어요."

그녀가 말했다.

예상과 달리 그녀의 목소리엔 비아냥거림이 담겨 있지 않았다. 그것도 기분 좋은 일이다.

제이슨은 목이 말랐다. 목구멍도 바짝 탔고, 입안이 말라 혀가 퉁퉁 부은 느낌이었다. 웃기는 사실은, 트렌트 형사가 마실 것을 가져다준다고 할 때까지 갈증 같은 건 느끼지도 못했다는 것이다. 방에 창문이 없다는 사실도 처음 눈치챘다.

트렌트 형사는 종잡을 수가 없었다. 친절한 사람 같았고 또 정말로 제이슨을 도와 그날 실제로 어떤 일이 일어났는지를 알아내, 얼리셔를 죽인 범인을 찾아내려는 것처럼 보였다. 하지만 그럼에도 불구하고 그의 질문은 어딘가 이상했다. 제이슨이 이상하다고 한 이유는 더 나은 단어를 찾지 못해서였다. 트렌트를 이해할 수도 없었고 자신에게서 어떤 대답을 원하는 건지도 판단이 서지 않았다. 가끔은 굳은 표정을 지었는데, 그럴 때면 제이슨은 왠지 큰 잘못을 저지르거나 규칙을 어긴 기분이 들었다. 자신이 알지도 못하는 규칙을 말이다. 게다가 저 깜빡이지도 않는 눈이라니……. 살아 움직이는 검은 대리석 같은 두 눈이 그의 머릿속을 그대로 꿰뚫어 버릴 것만 같았다.

무엇보다도 불안한 이유는, 트렌트 형사가 그의 대답에 만족하지 못하는 것 같다는 데 있었다. 어쩌면 이 순간, 심문이 제대로 안 먹힌다고 형사 아저씨한테 보고하고 있을지도 모른다. 바라는 게 있다면, 그 덕분에 심문을 연기하고 집에 돌아가는 것?

다른 아이들은 잘해 나가고 있는 건가? 질문에 정확하게 대답하고, 중요한 실마리를 기억해 내고, 살인 사건에 결정적인 단서를 제공하고, 그래서 이제 불쌍한 얼리셔를 죽인 범인을 잡을 수 있게 되는 걸까?

형사 아저씨한테 하지 않은 얘기까지 고백해야 하나 하는 생각도 들었지만, 그 생각은 지워 버리기로 했다. 트렌트 형사의 일은 마을의 수상한 사람에 대해 알아내는 것뿐이다. 요컨대 문맥에서 벗어난 사람 말이다. 어차피 얼리셔와 브래드 사이에 정확하게 어떤 일이 있었고, 또 어떤 일이 진행되고 있었는지 아는 것도 아니잖은가?

얼리셔에 생각이 이르자 갑자기 슬픔이 복받쳐 올랐다. 그녀를 마지막으로 봤을 때 마지막이 될 거라고는 상상도 못 했는데…….

수사에 도움이 될 결정적인 증거라도 목격했더라면 얼마나 좋을까. 트렌트 형사의 도움으로, 잊었는지도 모를 수상한 용의자를 기억해 낼 수 있다면……. 하지만 아무리 생각해도 그럴 것 같지는 않았다. 어떻게 그렇게 중요한 일을 까마득히 잊을 수가 있겠는가? 그래도 경찰은, 특히 트렌트 형사 아저씨는 전문가니까, 기억이 어떻게 작동하는지 훨씬 잘 알고 있을 것이다. 사실, 제이슨도, 그가 이따금 자기 생각을 알아맞히는 것 같아 적잖이 놀라던 터였다. 예를 들어 수상한 사람을 하나 만들어 낼까 하는 생각을 했을 때처럼 말이다.

'조심하는 게 좋겠어, 제이슨.'

그는 자신에게 경고했다.

'그런데 내가 왜 조심해야 하지?'

뭔지는 몰라도 불편하고 불안한 기분은 여전했다. 무언가 잘못되어 가고 있다는 느낌. 어쩌면 겉으로 보이는 게 전부가 아닐지도 모른다는 생각. 그냥 기분이 그런 걸까? 이렇게 작은 방에 갇혀 있어서? 에어컨도 선풍기도 없는 이 방에? 휑한 벽도 신경에 거슬리기는 마찬가지였다. 그림도 창문도 없다니.

'여기서 나가고 싶어.'

문득 나갈 수 있다는 생각이 들었다. 그냥 일어나 나가면 된다. 다른 사람한테 얘기할 필요도 없다. 어차피 자발적인 참여라고 하지 않았는가? 그는 자원자였다. 그런데 이젠 자원자 같다는 생각은 조금도 들지 않았다.

'집에 가야겠어.'

제이슨은 의자를 뒤로 밀었다. 나무 바닥을 긁는 소리에 움찔하기는 했지만 그는 문을 향해 걸어갔다.

# 12

방은 비어 있고 아이는 보이지 않았다.

트렌트는 다시 복도로 나왔다. 세러 다운즈가 반대편 모퉁이를 돌고 있을 뿐 다른 사람은 없었다. 소년은 건물을 벗어난 게 분명했다. 뒷문으로 탈출한 것이리라. 트렌트는 '탈출'이라는 단어가 맘에 들었다. 탈출은 분명 죄가 있다는 징표였다. 죄가 없다면 달아날 이유가 어디 있겠는가?

그는 황급히 복도를 따라 달리기 시작했다. 뒷문을 열자 햇빛이 폭포처럼 쏟아졌다. 그는 밖으로 나섰다.

트렌트는 눈부신 햇살에 두 눈을 깜빡이며 주변을 살폈다. 아무렇게나 주차해 놓은 순찰차 두 대와, 쓰레기 수거함으로 다가가는 남자가 어렴풋이 보였다. 시력을 회복한 후 다시 보니 수거함에서 먹을 것을 찾는 부랑자였다.

소년은 주차장 입구에 서 있었다. 어깨를 늘어뜨리고 고개를 숙인 모습이 트렌트가 던지지도 않은 질문의 답을 구하기 위해 땅바닥을 연구하는 것처럼 보였다.

"제이슨."

고개를 들어 보니 트렌트였다. 소년은 인상을 찌푸리며 몸을 조금 앞뒤로 흔들었다. 멈춰서야 할지 달아나야 할지를 저울질하는 중이리라.

"잠깐 기다려."

트렌트가 다가오고 있었다.

왜 저 아이를 잡아 두려는 거지? 이대로 달아난다면, 경보가 울리고 수색 팀이 꾸려지고 저 아이는 꼼짝없이 살인죄를 뒤집어쓰게 될 텐데.

'저 애가 필요해. 나한테 필요한 건 저 애의 자백이야.'

"죄송해요."

아이가 말했다.

두 사람은 낡은 벽돌 건물의 그림자 속으로 들어갔다. 건물 벽 어디에나 낙서가 가득했다. 순찰차에는 아무도 타고 있지 않았고 부랑자는 쓰레기 수거함에 올라앉아 열심히 쓰레기를 뒤졌다.

"왜 나온 거냐?"

트렌트가 물었다. 정말로 궁금했다.

"집에 가고 싶어서요. 할 말도 없는걸요, 뭐."

"그건 내가 결정하마. 어쨌든 이런 식으로 떠날 수는 없어. 그럼 다들 널 의심할 게다."

소년은 깜짝 놀라 그의 말을 되뇌었다.

"의심이요?"

"봐라, 다행히 아무도 네가 나오는 걸 보지 못했다. 안으로 들어가자꾸나. 네가 생각하는 것보다 알고 있는 게 훨씬 많을 거야. 약속하마."

순찰차 한 대가 주차장으로 들어와 그들 앞에 멈춰 섰다. 햇살이 앞 유리를 때렸다. 두 사람은 차를 피해 옆으로 비켜섰다.

"예, 알았어요."

아이가 한숨을 내쉬었다. 여전히 미심쩍은 눈빛이었다. 그는 무기력하고 연약해 보였다.

트렌트는 소년을 다시 경찰 본부로 데려갔다.

# 13

"탈출을 시도했던 건 잊도록 하자, 알았지?"

트렌트는 그 치명적인 단어를 기록에 남기기로 했다. 그건 중요한 일이다. 그는 만족스러운 표정으로 상체를 굽히고 아이의 대답을 기다렸다.

"좋아요."

제이슨이 대답했다. 주제를 바꾸고 심문을 이어 가고 다 터놓고 얘기하는 건 좋았다. 하지만 '탈출'이라는 단어는 어쩐지 껄끄러웠다. 그냥 빠져나간 것이 아니라, 뭔가 죄를 저질러서 달아나야 할 이유가 있었던 것처럼 느껴졌기 때문이다.

"월요일, 네 목격담으로 돌아가기 전에 얼리셔에 대해 몇 가지 물어야겠다. 너희 둘은 친구였지?"

제이슨이 고개를 끄덕였다. 슬픈 얘기이긴 했으나 어쨌든 다른 주제를 다룬다는 게 좋았다.

“보자. 너는 열두 살이고 그 애는 일곱 살이었어. 그런데 둘이 친구라고? 너한텐 그게 이상하게 생각되지 않았니?”

“착한 애였어요. 날 보면 항상 좋아했고요.”

그건 브래드나 동네의 다른 애들과 친한 것과는 차원이 다른 얘기였으나, 트렌트 형사한테 그런 시시콜콜한 얘기까지 할 필요는 없을 것이다.

“그 애를 만나면 너도 좋았지?”

“예.”

그렇지 않았다면 찾아가지도 않았을 것이다.

“아까 직소 퍼즐 맞추는 걸 도왔다고 했는데, 어떤 퍼즐이었지?”

“홍관조요. 아주 큰 새예요. 안뜰에 갖다 놓은 카드놀이용 탁자를 가득 메울 정도로 퍼즐도 큰 거였죠. 그 앤 짝을 찾는 데 도사였지만, 그 퍼즐은 죄다 엇비슷한 빨간색이어서 어려웠어요. 음영만 조금 다를 뿐이라 나도 쩔쩔맸거든요. 그래도 그 앤 나를…….”

곧 그는 입을 닫았다.

“나를?”

트렌트 형사는 별로 하고 싶지 않은 얘기들을 집어 내는 데 도사였다.

트렌트는 끈기 있게 기다렸다.

*뭐, 말하면 어때?*

"나를 놀리지 않았어요."

그가 말했다. 그 말은 정말로 우스꽝스럽게 들렸을 것이다.

"다른 애들은 그랬다는 얘기지?"

제이슨이 고개를 끄덕였다. 그런 걸 인정할 때마다 기분이 우울해졌다. 이 남자한테 자기 얘기를 너무 많이 하게 된다는 생각도 들었다.

"하지만 가끔 얼리셔도 너를 놀렸을 거야. 알잖아, 좋은 친구들도 가끔은 서로 괴롭히는 거. 그 애도 그랬지?"

제이슨은 문득 어떤 생각이 떠올라 미소를 지었다. 얼리셔는 오히려 그가 간신히 퍼즐 조각을 맞춰 나가기 시작하면 놀리기 시작했다. 조심스럽게 구멍 안에 조각을 맞춰 넣고 콧노래를 흥얼거리는 제이슨을 흉내 내기도 했다. 콧노래는 그가 뭔가를 이뤄 낼 때면 늘 하는 버릇이다. 그녀는 그의 흉내를 기막히게 냈다.

"예."

제이슨이 대답했다. 회상과 슬픔으로 목소리가 가라앉았다. 그런 그 애가 죽다니.

"그럼 넌 화를 냈니?"

"아뇨."

그는 사람들이 나뭇잎과 가지들 사이에서 그녀를 찾아냈을 때의 모습을 떠올리고는 살짝 몸서리를 쳤다.

"얼리셔가 놀렸던 것 때문에 그러니?"

트렌트가 물었다.

"아뇨……. 그건 아니고. 그냥 그 애 생각을 한 거예요. 숲 속에서 발견되었을 때의 그 애 모습이 떠올라서요."

제이슨이 말했다. 당혹스러웠다. 슬픈 기억도 그렇고 트렌트 형사의 갑작스러운 질문도 맘에 들지 않았다.

"그 애 모습이 어땠지?"

"끔찍했어요. 온몸이 덮여 있었거든요."

"뭘로 덮였다는 거냐?"

"나뭇가지, 낙엽, 그런 것들이죠."

"그래서 화가 나니?"

그 질문은 제이슨을 멈칫하게 만들었다. 아니 여태껏 모든 질문이 그랬다. 이제 더 이상 이 낯선 사람과 그 문제를 논하고 싶지가 않았다. 트렌트는 그의 마음을 엿보려 하고 있었다.

"그 얘긴 안 할래요."

제이슨이 대답했다.

"죽은 얼리샤 얘기 말이냐?"

제이슨이 끄덕였다.

"물론 너한테 어려운 얘기라는 건 알고 있다. 좋은 친구였으니까. 하지만 가끔은 안에 꽁꽁 담아 두는 것보다는 얘기하는 게 도움이 되기도 한단다. 이런 질문은 수사뿐 아니라 너한테도 도움이 될 수 있어."

"그런 게 어떻게 날 도와요?"

제이슨이 물었다. 다소 마음이 풀리기도 했는데 그건 트렌트의 목소리가 부드러워진 데다 태도도 동정적으로 바뀐 것 같아서였다.

"제이슨, 트라우마라는 게 있단다. 말하자면 정신적 충격 같은 거야. 이번처럼 갑자기 친구가 죽거나 하면 네가 생각하는 것보다 정서적으로 더 큰 영향을 받게 돼. 그 경우 네 감정을 솔직하게 표현하는 게 좋단다. 슬픔과 분노와 후회와……"

"후회요?"

그 단어는 조금 이상했다.

"네가 유감스럽게 생각하는 일들 말이다."

"얼리셔의…… 그러니까, 얼리셔한테 일어난 일은 저도 유감이에요. 하지만 또 뭘 유감으로 생각하나요?"

"대답은 네 몫이란다, 제이슨. 질문에 대답해야 할 사람은 너야. 내가 대신 답해 줄 수는 없어."

제이슨은 다시 혼란스럽고 당혹스러웠다. 갈증도 다시 돌아왔다. 트렌트 형사는 깜빡 잊고 마실 것을 가져오지 않았다. 입이 마르고 혀가 바짝바짝 타들어 가는 통에 침을 삼키다가 질식할 것만 같았다. 침을 삼키는 게 반사 행동이라는 얘기를 어딘가에서 들은 적이 있다. 그러니까 침을 꿀꺽 삼키고 싶은 걸 참을 수는 없다는 얘기다. 그런데 계속 이러다가 숨이 막히면 어쩌지? 그는 자신이 땀을 흘리고 있다는 사실도 깨달았다. 배어 나온 땀이 아교처럼 티셔츠와 등을 찰싹 붙여 놓았다. 그는 갑작스러운 공황 상태에 빠지고 말았다. 마침내 입을 열었을 때에는 입에서 개구리처럼 꾸륵꾸륵 하는 소리가 났다.

"뭐라고?"

트렌트가 물었다.

"목이 말라요. 물 한 잔만 갖다주세요."

다행히 입속에 질식하지 않게 해 줄 만큼의 침은 남아 있었던 모양이다.

그는 형사가 주저하는 것을 보았다.

"다시는 달아나지 않을게요."

그는 말을 하는 도중에 그런 식의 표현을 썼다는 사실을 후회했다.

"당황한 것 같구나. 유감스러운 일 때문에 화가 난 거니?"

"그냥 목이 말라서 그래요."

"알았다. 마실 것을 찾아보마. 제이슨, 넌 이번 사건에 중요한 사람이야. 목이 마르다면야, 당연히 뭐든 마셔야겠지."

왜 저 말이 협박처럼 들리는 걸까? 목이 마른 게 무슨 자백이라도 된다는 건가? 하지만 뭘 자백했지?

트렌트는 문 쪽으로 걸어갔다. 규칙과 원칙에서 벗어나는 일이지만, 지금까지의 성공은 주로 그의 본능에 충실한 데 따른 대가였다. 그 본능이 지금 부드럽게 나갈 것을 주문하고 있었다. 소년을 친절하게 대해 절대적인 신뢰를 확보해야 한다. 세러가 새로운 소식을 갖고 복도에 와 있으면 좋겠다는 생각도 들었다.

복도는 텅 비어 있었다.

그는 자동판매기를 찾았다. 뒷문 근처 한쪽 구석에 하나가 숨어 있었다.

그는 차가운 콜라 캔을 들고 잠시 문 밖에서 머뭇거렸다. 누군가, 아니 누구든 사람의 모습을 보고 싶었다. 갑자기 쓸쓸하고 낯선 느낌 때문이었다. 그는 취조실로 들어갔다.

제이슨은 고맙다고 중얼거리며 콜라를 받았다.

"아저씨는 안 마셔요?"

트렌트는 고개를 저었다. 취조 중에 허기와 갈증 모두를 참기는 하지만 그 질문은 사실 의외였다. 피의자들은 심문자 역할로서만 그를 인정했다. 개인적인 논평이나 질문을 받아 본 적은 한 번도 없었다. 그런데 갑자기 이 소년이 자신도 인간이라는 사실을 의식하게 만든 것이다. 그는 아이가 탐욕스럽게 콜라를 들이켜는 모습을 지켜보았다. 목청이 꿈틀거리고 손도 가볍게 떨렸다. 트렌트는 순간 불안했다. 이 소년, 상처 입기 쉽고 무력할 뿐 아니라, 어떤 일이 자신을 기다리고 있는지도 모르는 아이.

어서 끝내야 해. 빨리 사건을 해결하고 상원 의원한테서 내 몫을 받아 챙겨야겠어. 어떤 점에서 탈출이 필요한 건 트렌트 자신이었다.

# 14

"다시 시작할까?"

소년도 제정신을 차린 듯 보였다. 체내에 흡수된 카페인 덕분이리라. 제이슨이 고개를 끄덕였다. 눈빛에도 어느 정도 생기가 엿보였다.

"좋아요."

긴장감과 집중력이 떨어진 게 못내 아쉽기는 했지만, 아이를 다시 취조의 한복판으로 몰아넣는 일이 그리 어렵지는 않을 것이다.

"아까는 오후의 첫 번째 시기를 점검했지? 네가 본 건 우편배달부와 어린아이들이고. 얼리셔 바틀릿의 집에 가는 동안 또 만난 사람은 없었어?"

제이슨은 정신을 집중하기 위해 고개를 숙이고 두 눈을 감았다. 그날 오후 메인 스트리트가 어떤 모습이었더라…….

자동차 몇 대가 지나가고 가게 유리창에 반사된 햇살이 눈부셨다. 워터 스트리트와 메인 스트리트 교차로의 보행자 신호등, 유모차를 미는 어린 소녀. 그 장면들이 마치 무성 영화를 보듯 아무 소리 없이 흘러갔다.

"아뇨. 특별한 사람은 없었어요. 몇 사람 기억은 나지만 눈에 띄는 사람은 없었어요. 문맥을 벗어난 사람 말이에요."

제이슨은 잽싸게 마지막 문장을 덧붙였다. 트렌트 형사의 표현을 쓸 수 있어 기뻤다.

"좋아. 그럼, 얼리셔의 집으로 가 보자. 이제부터는 좀 더 신경을 써야 할 거다, 제이슨. 그 집을 방문한 상황을 구체적으로 묘사해 다오."

트렌트는 갑자기 거리에서 얼리셔 바틀릿의 집으로 무대를 바꾼 데 대한 아이의 반응을 살폈다. 아이는 시선을 다른 곳으로 돌렸는데 당혹스럽거나 의아한 것 같았다. 너무 빨리 움직인 걸까?

제이슨은 질문에 답을 구하기라도 하듯 텅 빈 벽을 한참 동안 노려보았다. 브랙스턴한테 하지 않은 얘기를 지금 털어놓는 게 좋을까? 브래드와 얼리셔에 대해서? 월요일 날 둘이 서로를 잡아먹을 것처럼 으르렁댔는데, 퍼즐 말고도 분명히 다른 이유가 있었다.

"그 애 오빠 브래드가 친구들하고 풀장에서 수영을 하고 있었어요."

마침내 제이슨이 얘기를 시작했다.

트렌트 형사는 묘한 시선으로 아이를 바라보았지만 말은 하지 않았다.

"둘은 싸우는 것 같았어요. 그러니까, 진짜 치고받은 게 아니라 서로 화를 낸 거죠."

트렌트 형사는 여전히 아무 말도 하지 않고, 제이슨이 얘기를 계속하도록 했다.

"뭔가 단단히 틀어진 모양이었는데 브래드가 동생한테 잘못을 저지른 것 같더라고요."

트렌트는 소년이 요점을 꺼내기를 끈기 있게 기다렸다. 하지만 소년이 지금 나름대로 중요한 상황에 대해 설명하려고 애쓰고 있다는 걸 깨달았다. 트렌트는 아이의 두 손에 집중했다. 펼쳤다가 들어 보이기도 하고 때로는 책상을 두드리기도 하는 저 두 손. 그는 어떻게든 상황을 묘사해 내려고 안간힘을 쓰고 있었다.

"브래드는 늘 동생을 괴롭혔어요. 사실, 누구나 다 괴롭히죠. 하지만 월요일엔 그냥 괴롭힌 게 아닌 것 같았어요."

아이의 눈이 다시 반쯤 감겼다. 그는 최대한 정신을 집중해 기억을 뒤져 절대적인 단서 하나를 의식의 표면으로 끄집어내려 했다.

"그 애가 오빠한테 '아직 더 괴롭힐 게 남았어?'라는 식으로 따졌죠."

소년이 크게 숨을 삼켰다. 그러고는 잠시 멈췄다가 일생일대의 선언이라도 하듯 후 하고 바람을 내뱉었다.

"브랙스턴한텐 왜 그런 얘기를 하지 않았지?"

트렌트가 물었다.

"모르겠어요. 중요하다고 생각하지 않았던 것 같아요. 얼리셔와 브래드는 항상……."

소년이 어깻짓을 했다. 적절한 단어를 찾는 데 실패했다는 뜻이다.

"티격태격?"

트렌트가 도와주려 했다.

"예, 맞아요."

"그날 두 남매의 말다툼이 이상하다고 느낀 이유가 뭐지?"

트렌트가 물었다.

"별다른 이유는 없어요. 그래서 브랙스턴 형사님한테 얘기하지 않은 거고요. 그게 중요하다고 생각하세요? 제가 잘못한 건가요?"

그가 간절한 눈으로 트렌트를 보았다.

사실 소년의 언급에 놀라기는 했으나 트렌트는 내색하지 않았다. 소녀의 오빠가 살인에 개입되어 있을 가능성을 말하고 있지 않는가? 요컨대 두 아이가 사건 당일 말다툼을 했다는 얘기인데, 그건 충분히 살인 동기가 될 수 있다. 문제는 오빠한테는 알리바이가 있다는 것이다. 조작이 불가능한 건 아니지만……. 그것도 조사해봐야 하는 걸까? 조사할 만한 가치가 있을까? 만일 그렇다면 상황은 걷잡을 수 없이 꼬일 수도 있다. 아니, 그럴 수는 없다. '제이슨 도런트가 용의자다. 소녀의 오빠가 아니라.'

"어떻게 생각하세요, 트렌트 형사님?"

아이가 대답을 재촉했다.

"네 판단이 옳았다, 제이슨. 얘기하지 않은 게 잘한 거야. 그런 식의 정보는 너무 모호해. 자칫하면 가뜩이나 복잡한 사건을 엉망으로 만들 수도 있지. 경찰은 사건에 연루된 사람들을 철저하게 수사했고, 가족들도 예외는 아니야. 얼리셔의 오빠도 그날 오후에 어디에 누구와 있었는지 알리바이를 입증한 것으로 알고 있다. 내내 친구들과 있었다더구나."

트렌트가 말했다.

'이 사건을 놓칠 수는 없어.'

"알았어요."

소년은 트렌트의 판단을 받아들이고는 의자에 몸을 기댔다. 여태껏 그를 괴롭히던 문제가 말끔하게 해결되기라도 한 듯한 표정이었다.

트렌트는 잠시 말미를 두었다. 이쯤에서 몸풀기 게임을 거두고 서서히 본시합을 위한 승부수를 던져야겠다는 생각이 들었다. 그는 방의 열기를 의식했다. 아이의 살갗에도 땀이 송골송골 맺혔고 이마에서도 배어 나왔다. 트렌트는 모험을 시작하기로 결심했다.

"그래, 제이슨, 얼리셔에 대한 네 감정을 얘기해 주겠니?"

놀랍게도 소년은 갑작스러운 주제 변경에 당혹해하지도 의아해하지도 않았다.

"착한 애였어요. 저도 가끔 그 애하고 노는 걸 좋아했죠. 누구보다 똑똑했는데, 우리 엄마는 그런 애 골치 아프대요. 그러니까, 그 앤 직소 퍼즐 도사지만, 들고 있는 조각을 제자리에 맞추기 전까지 끊임없이 징징대고 투덜대거든요. 그러다가도 한꺼번에 대여섯 개를 맞추고 환한 얼굴로 나를 쳐다보곤 했어요."

"똑똑한 아이였구나."

트렌트가 말했다.

"나보다도 훨씬요. 언젠가 퍼즐을 잘 푸는 방법 강의를 한 적도 있는걸요. 퍼즐 조각을 구분하는 방법이랑 가장자리에서 시작하는 요령을 가르쳤는데, 자기가 선생이고 난 학생이라며 한참 재미있어했어요."

"너를 희롱한다는 생각은 안 들었어?"

트렌트가 물었다.

"희롱이요?"

"그래. 실제로 너를 놀려 먹은 것일 수도 있잖아."

"그 애가 나를 놀릴 이유가 어디 있어요?"

"글쎄다, 너를 갖고 노는 게 재미있었을 수도 있고, 우월감을 느꼈는지도 모르지. 그 애 정서가 불안해서, 실제보다 대단해 보이고 싶어 했는지도 모르잖아?"

"오히려 그 반대예요. 그 앤 잘난 척 같은 건 안 했어요. 그냥 퍼즐 푸는 법을 가르쳐 주었을 뿐인걸요."

"아니면, 너를 창피하게 만들고 싶었는지도 모르지."

"아뇨. 왜 그러겠어요?"

제이슨이 얼굴을 찌푸리며 따져 물었다. 하지만 그 강의를 다시 생각해 보기는 했다. 정말로 놀려 먹으려 한 걸까?

"처음부터 널 친구로 생각하지 않았는지도 몰라. 그런 척했을 뿐이지."

제이슨은 인상을 구기는 것으로 당혹감을 드러냈다. 방은 전보다 훨씬 덥게 느껴졌다. 열기가 매초 심해지는 것만 같았다. 그는 몸을 뒤척였다. 겨드랑이에도 땀이 흥건했고 양말까지 땀으로 흠뻑 젖은 듯했다.

제이슨은 할 말을 못 찾고 계속 같은 질문만 되뇌었다.

"그 애가 왜 그러겠어요?"

"다른 사람들의 행동을 어떻게 설명할 수 있겠니? 아무리 어린 소녀라 해도, 우리 생각처럼 그렇게 순수한 건 아니란다. 흔히 하는 말이 있잖니? '책의 가치를 표지로 따질 수는 없다.' 그 말이 우리 귀에 진부하게 들리는 건 진실이기 때문이란다. 제이슨, 네가 얼리셔를 제대로 판단하기는 어려웠을 게야. 그 애가 무슨 짓을 하는지……"

"그 앤 아무 짓도 안 했어요. 내 친구였는걸요."

제이슨이 항변했다.

"정말? 제이슨, 넌 열두 살이야. 그런데 일곱 살짜리 여자애가 친구였다고?"

제이슨은 문득 그 말에 신경이 쓰였다. 마치 자기가 변태라고 말하는 것 같지 않은가.

"에, 진짜 친구는 아니었을지도 모르죠. 그렇게 잘 알지는 못했으니까요. 그러니까, 그 집에 들렀을 때 그 애가 직소 퍼즐을 하는 게 신기해서 구경해 본 거예요. 난 그 애 오빠랑 친구예요."

제이슨은 이런 식의 기만이 싫었다. 브래드 바틀릿은 친구가 아니었다. 그런데도 그 애의 집에 놀러 간 거라고? 그나저나 브래드는 어떤 애였지? 친구가 아니라면 그 앤 뭐였을까? 함께 학교에 다닌 아이? 그래, 그렇게 얘기하는 게 좋겠어.

"이따금 학교 쉬는 시간에도 그 앨 찾아가지 않았어?"

"그랬어요."

"그럼 그 애 오빠 때문에 집에 찾아간 건 아니지 않아?"

"예, 그런 것 같네요."

"그런 것 같다고?"

"아니……, 에, 그래요."

제이슨은 다시 혼란스러웠다.

"그 애한테 끌린 거니?"

트렌트는 이 질문을 위한 순간을 신중하게 선택했다. 물론 아이는 크게 당황해할 것이다. 그렇다고 어떤 목표를 노린 것은 아니었다. 세러 다운즈 말로도 성추행이나 폭력은 없었다고 했으니까 말이다. 그저 직접 확인하고 싶었을 뿐이다. 질문과 대답, 모두 기록에 남아야 한다는 이유도 있었다.

아이가 뒤로 물러서며 입을 쩍 벌렸다.

"그게 무슨 뜻이에요?"

"예쁜 애였잖아, 안 그래?"

트렌트가 되물었다. 물론 의도적이었다.

"어쩌면요."

"그런데 그 애한테 애정을 보이려 한 적이 없어?"

"어떤 식으로요?"

"만진다든지……. 아니면 키스 같은 거."

아이가 놀라 눈을 크게 떴고 입술도 파르르 떨었다. 아니, 두 손, 두 발, 온몸을 모조리 떨기 시작했다. 그런 것이 가식일 수는 없다. 소년의 온몸이 무죄를 주장하고 나섰다.

트렌트는 화급히 그 상황을 인정하기로 했다.

"대답 안 해도 된다, 제이슨. 얼리셔에게 이상한 생각을 품지 않았다는 건 나도 알고 있으니까. 그런 얘기를 한 건 사과하마."

"이제 집에 갈래요."

제이슨이 몸을 뒤척이며 말했다. 이런 질문은 질색이었다. 게다가 얼리셔 바틀릿에 대한 새로운 질문들은 정말로.

그가 의자에서 반쯤 일어설 때였다.

"원한다면 언제든 집에 가도 좋다, 제이슨. 네가 준 도움과 정보는 고맙게 생각하마. 넌 이 수사에서 네가 얼마나 중요한지 잘 모르고 있겠지만, 네가 목격한 일은 물론 사건에 연루된 사람들 모두를 조사하는 데에도 네 도움이 제일 절실하단다. 그리고 지금까지 너무나 잘 대답했어."

단어 하나하나가 계산된 것이었다.

트렌트가 손짓을 해 보였다.

"문은 저쪽이다."

소년은 어정쩡한 자세로 망설였다. 문을 보고는 다시 트렌트를 보았다. 아이가 떠나려고 한다면 트렌트로서야 어쩔 도리가 없지만, 원래 피의자는 언제든 떠날 수 있다는 사실을 확인하면 오히려 떠날 마음이 줄어드는 법이다. 그리고 예기치 않은 일도 얼마든지 벌어진다. 이를테면 취조 도중 피의자와 심문자 사이에 일종의 묘한 유대와 연대 의식이 발생하는 경우이다.

"제이슨, 네가 얼마나 피곤한지 잘 알고 있다. 이 사무실도 덥고 불편할 거야. 하지만 어린 소녀가 죽었고 그 아인 네 친구였지 않니? 함께 수사해 나갈 수 있다면 사건을 해결할 수도 있을 거야."

아이는 다시 자리에 앉았으나 의자 가장자리에 살짝 걸터앉는 식이었다. 아직 어떻게 해야 할지 판단이 서지 않은 탓이다.

"내가 너한테 바라는 건, 단순히 월요일에 뭘 보았는지 정도가 아니란다. 넌 그보다 훨씬 많은 도움을 줄 수가 있어."

트렌트의 부드러운 말투와, 그 자신이 실제로 이 수사에 진정한 파트너가 될 수 있다는 기대감에 제이슨도 고무되지 않을 수 없었다. 그가 물었다.

"어떻게 도울 수 있죠? 경찰 아저씨가 집에 왔을 때 내가 본 것만 얘기하면 된다고 했는데, 사실 아무것도 못 봤는걸요."

"맞아. 하지만 네가 그 이상의 사실을 알고 있다면 내 직권으로 더 진행해도 된다는 얘기를 들었다. 그리고 지금까지 얘기해 본 바로는, 훨씬 더 많은 얘기를 해 주어야 한다는 쪽이야. 넌 얼마든지 큰 도움을 줄 수 있어."

"하지만 어떻게요?"

"내면의 지식과 정보를 제공하는 거지. 그러니까 나 같은 외부인이나, 심지어 이 지역 경찰도 알 수 없는 종류의 정보겠지."

"그게 뭔데요?"

"제이슨, 넌 이 사건의 중요한 측면들을 모두 알고 있어. 얼리셔네 집, 동네, 개울, 숲 모두."

아이는 트렌트의 말뜻을 알아들었다. 그가 한숨을 내쉬고, 마침내 고개를 끄덕였다.

"알았어요."

그는 자세를 추스르고 두 손을 무릎에 올려놓은 다음 상체를 조금 앞으로 내밀었다. 순응의 표시들.

이제 고양이 쥐잡기 놀이는 끝난 셈이다.

'이제 사다리가 시작되는 그곳으로 내려가야 해.'

"고맙다. 이제, 얼리셔가 발견된 지역 여건을 따져 보기로 하자."

소년이 인상을 찌푸렸다.

"여건이요?"

"지역적 특징이라는 뜻이야. 숲, 나무, 지형 등등. 네가 잘 아는 곳이지?"

트렌트가 부연해 주었다.

"예. 늘 그곳에서 노니까요. 야구장도 있고, 아이들이 탈 만한 그네와 미끄럼틀 같은 것도 있어요."

소년이 대답했다.

"얼리셔가 정확히 어디에서 발견되었는지 얘기해 준 사람이 있니?"

"산책 길에서 몇 발짝 안 떨어진 곳이라고 했어요. 숲이 있는 쪽이죠. 그 애의…… 그 애가 나뭇가지, 낙엽 같은 걸로 뒤덮여 있었다는 얘기도 들었고요."

소년은 조금 멈칫 하며 '시신'이라는 단어를 조심스럽게 생략했다. 그건 적절한 판단이었다. 트렌트 역시 소년을 생각해 가급적 '시신'이나 '시체'라는 단어는 사용하지 않았다.

"그 지역에 대해 기억나는 대로 말해 줄래? 자갈땅이야? 아니면 풀밭? 바위가 많거나 잡초가 무성하니?"

소년이 어깻짓을 했다.

"그냥…… 땅이에요. 숲 속 공터 같은……."

"돌, 바위?"

"그럴 거예요. 전에 거기 들어갔다가 커다란 바위에 걸려 넘어진 적이 있었어요."

"거긴 왜 들어갔지?"

제이슨은 아무 말도 하지 않았다. 오줌을 누러 들어갔다는 말을 하기가 창피했다.

"급해서?"

트렌트가 대신 거들어 주었다.

"예."

두 뺨이 뜨거워지는 기분이었다. 학교에서처럼 얼굴이 붉어진 걸까?

"돌과 바위가 많은가 보구나."

"예."

트렌트는 소년이 자기가 원하는 대답을 찾아 줄 거라고 생각하며 다음 질문을 던졌다.

"무기가 뭐라고 생각하니, 제이슨?"

"저도 몰라요."

트렌트는 기다렸다.

"돌멩이요?"

소년이 대답했다.

트렌트는 승리의 미소를 간신히 감추며 다시 물었다.

"망치일 수도 있겠지? 가해자가 망치를 가져갔다면 말이다. 물론 그러면 의도적인 살인이 될 거야."

"의도적이요?"

제이슨은 그 말뜻을 알고 있었다. 텔레비전 연속극에서 수천 번은 들었던 단어다. 하지만 얼리셔 바틀릿과 관계가 있다는 생각은 해 본 적이 없었다.

"그러니까, 누군가 미리 얼리셔를 살해할 계획을 세웠다는 뜻이란다. 하지만 내 생각엔 그건 아닐 것 같아, 네 생각은 어때?"

얼리셔의 살해가 의도된 거라고? 제이슨은 그 가능성에 고개를 저었다.

"아닐 것 같은데요."

"그보다는 우발적인 사고였을 게다. 사고까지는 아니더라도, 사전 계획이 있었을 것 같지는 않아. 아마도 얼리셔만큼이나 가해자도 놀랐겠지."

물론 '살인자', '살인범'이라는 단어도 피했다.

"게다가 그게 사실이라면, 그러니까 계획적이 아니라 충동적으로 일어난 거라면 말이다. 그건 이 비극적인 사건에 새로운 관점을 부여하게 되는 거야."

형사가 계속해 나갔다.

제이슨은 인상을 찌푸렸다. 트렌트 형사의 말뜻을 이해할 수가 없었다.

"무슨 말인지 모르겠어요."

"내 말은 이런 거야. 예를 들어, 제이슨, 네가 끔찍한 행동을 저질렀다고 하자. 그러니까, 네가 비의도적으로……, 사전에 계획한 게 아니라 겁에 질리거나 너무 화가 난 상태에서 네가 얼리셔를 살해했다면, 사건을 다루는 방식도 크게 달라져야 해. 그 경우 정상 참작이라는 것도 고려해야 하거든. 최소한 일급 살인은 아니라는 얘기니까. 어쩌면 네가 그 순간 혼란에 빠졌을 수도 있지 않겠니? 판사도 경찰도 그런 경우를 잘 알고 있단다."

제이슨은 이제야 이해가 갔다. 그가 다른 살인 사건을 접한 건

대개 텔레비전을 통해서였다. 일급 살인, 이급 살인, 고살 등등. 그렇다고 그런 개념들을 심각하게 생각해 본 적은 없었다. 그는 트렌트 형사를 보며 양미간을 찌푸렸다. 제이슨도 처음 보는 묘한 표정이었다. 그러니까…… 교활하다고 해야 하나? 어릴 적 책에서 그런 표현을 본 적이 있었다. 여우처럼 교활하다. 그 순간 트렌트의 말이 뇌리를 때렸다. '네가 얼리셔를 살해했다면…….'

"하지만 난……"

트랜트가 그의 말을 끊었다. 고전적인 책략. 주제를 살짝 비틀어라.

"제이슨, 재미있는 얘기 하나 해 줄까?"

"예?"

"무기의 선택 말이야. 네가 돌이라고 했지? 경찰도 그런 생각을 했어. '치명상을 유발한 둔기.' 공식적인 언어로는 그렇게 쓰지. 재미있는 건 너도 돌이 치명상을 유발했다고 말했다는 사실이란다. 왜 그렇게 답한 거지?"

"몰라요. 돌이 많은 곳이니까요."

"그 돌은 어떻게 되었을까?"

제이슨이 어깻짓을 하고 조금 몸을 비틀었다. 다시 방의 열기가 느껴졌다. 돌이 어쩌고 하는 얘기는 솔직히 재미도 없고 관심도 없었다. 그런 게 도대체 나하고 무슨 상관이란 말인가? 골치도 조금씩 아파 오기 시작했다. 지끈거리는 통증.

"돌이 어떻게 되었는지는 저도 몰라요. 어딘가 버렸겠죠."

트렌트 형사가 간절히 도움을 청하기는 했지만 이제 그의 질문에 짜증이 나기 시작했다. 정말로 이곳을 나가고만 싶었다. 집에 가고 싶었다.

"이젠 집에 가고 싶어요. 집에 갈래요."

"아직은 안 돼, 제이슨."

"왜요?"

아직도 질문이 남아 있다는 말인가?

"아까도 말했지만 넌 중요한 단서니까. 얼리셔와 가깝기도 했지만 그 애의 마지막 삶을 함께했잖아."

"살인자가 그랬죠, 내가 아니라."

트렌트는 대답하지 않고, 소년을 바라보기만 했다.

"그럼, 마지막으로 마무리를 해 보자. 그 정도는 괜찮지?"

"예."

제이슨이 동의했다. 마무리. 마무리를 하면 얼리셔의 마지막을 함께한 사람이 그가 아니라는 사실이 밝혀질 것이다.

"넌 얼리셔 바틀릿을 알고 있었다. 그 애는 어린 소녀이고 너를 좋아했지. 똑똑한 아이라 게임에서 종종 너를 이기기도 했어, 창피를 주기도 했고."

제이슨은 항변하기 위해 입을 벌렸다. 이유는 몰라도 이 트렌트라는 형사는 잘못 이해하고 있었다. 하지만 형사가 한 손을 들었다. 교통경찰처럼. 그러자 제이슨은 의자에 털퍼덕 주저앉았다.

"너는 폭력적인 책을 즐겨 읽는다. 네가 언급한 책들과 영화들 얘기다. 이따금 현실과 상상의 차이가 불확실하다는 얘기도 했고, 공상을 즐긴다는 말도 했어. 대개는 폭력적인 공상……"

"하지만……"

다시 교통경찰의 동작.

"너는 얼리셔가 살해된 숲을 잘 알고 있어. 그 애를 살해하는 데 돌이 쓰였다는 말도 했지. 경찰이 그 정보를 공표한 적이 없는 데도 돌이 살인 무기라고 말한 거야, 맞지?"

"그래요, 하지만……"

"사건이 발생할 때 가장 큰 요소는 기회와 동기다, 제이슨. 그리고 넌 둘 다 갖고 있어."

"동기요?"

"얼리셔가 너를 놀렸으니까. 너를 쪽팔리게 만들었으니까."

"난 얼리셔를 좋아했어요. 그 앤 한 번도……"

"누군가를 좋아하거나, 심지어 사랑하는 것과 증오하는 건 종이 한 장 차이다. 불꽃은 순식간에 타오를 수 있지. 제이슨, 솔직하게 얘기해 보자. 다른 사람들한테는 동기가 없어. 그날 오후에 네가 그 애하고 있었고. 그것도 단둘이……"

"단둘이 있기는 했지만, 그건……"

"그건 이해할 수 있어. 그 애를 다치게 하고 싶었던 건 아니잖아, 그렇지?"

"예, 난……"

"그런 일은 늘 일어난단다. 순간적으로 화가 나고, 당황하고……. 그러면 모든 게 순식간이지. 네가 원해서가 아니라 일이 걷잡을 수 없게 되어 버리는 거야. 주변에 돌도 있었고……"

"그런 일 없었어요!"

제이슨이 외쳤다. 한 옥타브 높아진 목소리가 벽을 때리고 다시 튀어 나갔다.

"그럼, 어떤 일이 있었지?"

트렌트의 승리감에 찬 목소리.

제이슨은 뺨을 맞거나 배를 걷어차이기라도 한 듯 움찔했다. 갑자기 배 속이 허해지더니 살살 아프기까지 했다. 당장이라도 화장실로 달려가고 싶었다.

트렌트는 아이의 눈에서 선명한 공포를 보았다. 생경한 고통이 그의 외모를 일그러뜨렸다. 떨리는 입술, 항변하듯 허공으로 뻗은 두 손, 자기도 모르게 걸려든 올가미에서 빠져나오기 위해 바들바들 떨고 움츠러들기만 하는 저 몸짓. 그리고 그 절정의 순간, 트렌트는 소년이 무죄라는 사실을 인정해야 했다. 모든 의혹과 현혹에도 불구하고, 트렌트의 마음속 가장 깊은 곳에서는 제이슨 도런트가 얼리셔 바틀릿을 살해하지 않았다고 말하고 있었다. 트렌트는 지금까지 취조를 통해 너무도 많은 핑계들을 접했고 너무도 많은 부인의 말을 들었기에 그 사실에 일말의 의심조차 가질 수가 없었다. 제이슨 도런트는 무죄였다. 그의 신체 언어, 즉각적인 반응, 선하기만 한 목소리와 태도, 모든 것이 그 피할 수 없는 진실을 가리켰다. 실망과 절망으로 트렌트의 인상도 구겨졌다. 그는 자백을 기다리는 브랙스턴과 상원 의원을 생각했다. 불신과 두려움에 허덕이는 마을 사람들도 떠올렸다. 그들은 그가 살인자를 잡아 준 덕분에 편안히 잠자리에 들고, 문이 열려 있거나 자녀가 밤늦게까지 나다닌다 해도 크게 염려하지 않게 되기를 기다리고 있었다. 상원 의원의 약속이 그의 머릿속을 헤집었다. '자네가 필요로 한다면 뭐든 성심성의껏 도와줌세.'

그는 소년을 보았다. 너무나 순진하고 순수한 아이. 너무나 무력하고 무기력하고 무지해, 주무르면 주무르는 대로 가공이 가능한 아이. 지금껏 주무르고 조작해 온 다른 사람들처럼. 그리고 문득 뇌리를 때리는 생각. 어쩌면 내 판단이 틀렸을 수도 있잖아? 어쩌면 이 꼬마가 보기보다 영리할 수도 있는 거야. 처음에 보였던 기만의 눈빛, 그 너머로 얼핏 엿본 그것이야말로 이 아이의 진짜 본능이 아니었을까? 죄가 똬리를 튼 이 아이 영혼이 아니었을까?

트렌트는 그게 언제든, 결국에는 거짓의 화신을 만나게 될 거라는 생각을 하고 있었다. 질의응답의 줄다리기를 통해 트렌트의 수를 읽고, 의표를 찌르고, 기어이 그를 누르고야 말 천재를……. 문득 완전 범죄의 고전적인 정의가 떠올랐다. 너무나 완벽해 범죄라는 인식 자체가 불가능한 범죄. 그렇다면 완전한 거짓말쟁이는 범죄의 가능성조차 떠올릴 수 없을 만큼 너무도 순수하고 순진하고 버젓한 모습을 하고 있으리라.

내 앞에 앉아 있는 이 소년, 정말로 이 애가 거짓의 화신인 걸까? 어쩌면, 어쩌면……. 아니, 어쩌면 나를 속이는 건 바로 나일 수도…….

트렌트는 지금이 바로 결정의 순간이라고 생각했다. 계속 나아갈 것이냐, 그만둘 것이냐. 실은 정말 간단했다. 소년을 예전의 일상생활로, 자신이 어떤 운명을 비껴갔는지 까맣게 모른 채로 돌려보내면 그만이다. 아니면, 더 깊이 파고들어야 하는 걸까? 능력과 경험을 있는 대로 끌어모아 이 소년한테 정말로 악마가 숨어 있는지 끝까지 추적해야 할까? 그의 순진한 겉모습이 말 그대로 겉모습이며, 가식이자 가면이라는 사실을?

'하지만 넌 그렇지 않다는 걸 알고 있잖아.'

트렌트는 내면의 목소리를 외면했다.

"진정해라. 일단 너한테 불리한 사실들을 확인해 보고 반박의 여지들을 추려 보자꾸나."

트렌트는 최대한 합리적인 어조로 말하는 자신의 목소리를 들었다.

소년이 고개를 저었다.

"왜 그래야 하죠? 경찰이 왜 내가…… 그런 짓을 했다고 그러는지 모르겠네요."

그가 잠시 머뭇거린 건 그 치명적인 단어를 자기 입으로 꺼내기 싫었기 때문이다.

"제이슨, 그 이야기는 이미 했잖아. 동기와 기회라고. 다른 용의자도 전혀 없다. 그날 네가 떠난 뒤로 아무도 그 애를 본 사람이 없어. 너도 말했지만, 마을엔 낯선 사람도 없고 수상한 행동을 하는 사람도 없었다. 아무도. 얼리셔의 부모, 오빠, 다들 행적이 분명했지."

그는 일부러 '알리바이'라는 단어를 피했다.

"넌 자기 행동도 설명하지 못했고 네가 4시와 5시 사이에는 뭘 하고 있었는지를 밝혀 줄 증인도 없잖아? 얼리셔가 죽은 시각에 말이다. 게다가 폭력 성향도 있는 데다……"

"내가…… 뭐라고요?"

그 말은 정말로 기가 막혔다. 이 남자가 하는 말 모두가 터무니 없지만, 세상에, 폭력 성향이라니!

"경찰한테 들은 말을 그대로 전하는 것뿐이다. 작년에 구내식당에서 친구를 떠민 적이 있었지? 그것도 아무 이유 없이."

"이유가 없긴요. 그 앤 나쁜 놈이었어요. 아무도 안 보는 것 같으면 애들한테 온갖 못된 짓을 했다고요. 리베카 톨랜드를 구석으로 몰아서 만지기도 했고."

"리베카가 그렇게 얘기하던?"

제이슨은 고개를 저었다. 실제로 있던 일조차 증명하지 못하는 자신이 밉기만 했다.

"알겠니? 그 애가 못된 짓을 하는 걸 본 애는 없어. 아이들이 아는 건, 어느 날 학교 식당에서, 아무 이유 없이, 네가 친구를 쓰러뜨린 것뿐이야. 급우들 앞에서 말이다. 네가 한 짓은 모두가 봤지만 네가 사실이라고 주장하는 그 애의 행동을 본 사람은 하나도 없어."

제이슨은 다시금 트렌트의 단어 선택에 신경이 쓰였다. 그는 제이슨의 행위에 항상 의문부호를 달아 놓았다. '네가 사실이라고 주

장하는 그 애의 행동을 본 사람은 하나도 없어.'

"당연히 네가 사랑하는 공포 소설들하고 폭력적인 영화들도 문제가 된다."

"사랑하지 않아요. 그러니까, 그런 것도 좋아하지만 다른 것들도 좋아한단 말이에요."

"봐라, 제이슨, 경찰들 생각을 전하는 것뿐이라고 했잖아. 난 다만 네가 처한 심각한 상황을 설명하는 것뿐이야. 넌 현재 가장 유력한 용의자야. 경찰은 너에게 불리한 증거들을 갖고 있어. 다른 용의자는 없다……."

그리고 침묵. 트렌트는 그 침묵을 내버려 두기로 했다. 몰래 녹음기를 확인해 보니, 깜빡이는 불빛이 현재의 심문이 제대로 녹음되고 있음을 증명해 주고 있었다. 모든 것이 예정대로 움직이고 있었다. 소년은 거의 자발적으로 함정에 걸려들었고 올가미는 점점 목을 조여들었다.

"집에 가고 싶어요."

"한 가지 얘기해 줄까, 제이슨? 넌 이곳에 나하고 있는 게 안전하다. 저 문을 나서면 너를 보호해 주는 건 아무것도 없어. 보호해 줄 사람도 없고. 네가 여기에 있어야 우리가 너를 돕고 보호해 줄 수가 있단 말이야."

"어떻게요?"

갑자기 절박해진 모습.

"전략을 짜는 거지."

소년이 얼굴을 찡그렸다. 그는 당혹해하고 있었다. 지금이 가장 심각한 궁지에 몰린 순간이다. 도움의 손길은 어디에도 없다. 트렌트는 역할을 바꾸기로 했다. 이제 그가 소년의 후원자다.

"이게 네가 처한 상황이야, 제이슨. 넌 가장 유력한 용의자이고."

"잠깐만요."

소년이 제지했다.

"응?"

"내가 여기 온 건 아저씨와 경찰을 돕기 위해서예요. 그럼 그것도 거짓말이었다는 거죠, 예?"

"전부 다 그런 건 아니다. 네 도움을 받아 사건을 해결하거나, 네가 다른 범인을 지목할 수 있었다면 그야말로 더 바랄 나위가 없었겠지. 그랬다면 우리도, 나도 무척 기뻤을 게다. 하지만 그런 일은 일어나지 않았잖니? 제이슨, 결국 기존에 있던 증거하고만 싸우게 된 거야. 네가 얼리셔 바틀릿의 살인자라고 주장하는 증거들 말이야."

소년이 대답하기도 전에 트렌트가 계속 말을 이어 갔다.

"그래, 알아. 넌 죄가 없다고 주장하고 싶겠지. 하지만 봐라, 그건 그야말로 주장에 불과해. 뒷받침할 게 아무것도 없잖아. 좋아, 그 모든 것을 잠시 제쳐 놓고 네가 어떻게 해야 할지에 대해 얘기해 보자. 어떤 전략을 짜면 좋을까? 제이슨, 나도 도와주고 싶어."

"어떻게 도울 수 있는데요?"

제이슨이 물었다. 그는 혼란스럽기만 했다. 형사의 말도 자신의 말도 믿을 수가 없었다.

"무엇보다 숨기는 게 없어야 해. 우린 솔직해야 하고 초점을 흐려서도 안 된다. 모든 걸 단순하게 만들자꾸나……. 제이슨, 너 천주교 믿지?"

"엄마하고 아빠, 여동생이 믿어요. 나도 거의 매주 성당에 가긴 하죠."

"그럼 고백 성사와 사죄에 대해 알겠구나."

"예. 하지만 고백 성사는 한두 번밖에 해 본 적 없어요. 한 지도 무척 오래됐고."

"어쨌든 그게 어떤 건지는 알잖아. 먼저 네가 고백을 하면 그다음에 죄를 사해 주는 거야. 물론 용서를 받기 전에 죄를 인정해야만 하겠지."

제이슨이 고개를 끄덕였다. 물론 성당에 다니고 고백 성사를 하는 게 지금의 상황, 이 난데없는 곤경과 무슨 관계가 있는지 이해가 되는 건 아니었다.

"에, 우리가 보호 조치를 취하기 전에 네가 먼저 해야 할 게 바로 그거야."

제이슨의 마음, 몸, 영혼 어딘가에서 아련한 경고음이 울리기 시작했다. 어떤 경고인지 어디서 나는 소리인지는 몰라도 정신이 번쩍 들었다.

'고백.' 그건 종교와는 하등 관계가 없는 단어였다. 제이슨은 이 남자가 원하는 게 뭔지 깨달았다. 그는 제이슨의 자백을 원했다. 얼리셔 바틀릿을 죽였다고 자백하라는 얘기다. 이 믿을 수 없는 상황에 제이슨은 하마터면 키득거리고 웃을 뻔했다. 그건 딸꾹질처럼 의지와는 상관없는 갑작스러운 반응이었다.

"얼리셔 바틀릿을 죽였다고 자백하라는 얘기군요."

그의 목소리에서 공포와 불신이 배어났다.

"지금 이 순간, 내 허락 없이 이 방을 나가면, 저 밖에서 어떤 끔찍한 일이 너를 기다리고 있을지 아무도 모른다. 화가 난 사람들이 못 할 짓은 없으니까. 어쩌면 폭동을 일으킬지도……."

"그럼 어떻게 되는 거죠? 만일 내가……."

그는 차마 그 단어를 내뱉을 수가 없었다. 절대로 그 단어는 말하지 않을 것이다. 어쩌면 그가 해야만 할 일, 그 단어가 가리키는 일도 절대로 하지 않을 것이다.

트렌트가 녹음기를 가리켰다. 녹색 불빛이 깜빡이고 있었다.

"네 목소리로 녹음해야 해. 우선 내가 나서 너를 변호할 거다. 높은 사람들한테 정상 참작을 호소하고, 네가 얼마나 협조를 잘해 주었는지 설명하마. 모든 상황은 가장 밝은 측면에서 보여질 게야……. 분위기도 물론 우호적일 거고. 적대적이 되지 않게 막아주마. 너를 평생 감옥에 가두려고 하는 사람은 아무도 없어. 다들 네 입장을 헤아리고 이해하려고 노력할 거야. 좋은 분들이니까. 어쩌면 오늘은 부모님과 함께 집에 돌아갈 수도 있고, 기소 내용은 최대한 축소될 게다. 최악의 시나리오에 비하면 그나마 최고의 상황이라고 할 수 있겠지. 교도소, 가족과의 이별, 마을 사람들과 급우들의 증오……. 죄를 인정하기만 하면 그런 것들로부터 널 구할 수 있어."

"하지만 그렇게는 못 해요."

"제이슨, 다시 한 번 상황을 설명해 주마. 이 문 밖에는 경찰 아저씨들이 너를 얼리셔의 살인자로 체포하기 위해 대기 중이야. 밖으로 나가는 날엔 그걸로 끝이란 말이다. 보호해 줄 사람도 없고, 구해 줄 사람도 없어. 지금은 너 같은 청소년도 성인과 똑같은 조건으로 재판을 받는 법도 만들어져 있다. 요컨대, 적어도 가석방 없는 징역형이고, 그 이상일 수도 있다는 얘기다. 게다가 사람들도 너를 살인자로 여길 거야. 항변의 기회는 없어. 하지만 아직은 결과를 완화할 방법이 남아 있단다."

"어떤 방법이요?"

"네가 냉혈한의 살인자가 아님을 보여 주는 거야. 얼리셔를 다치게 할 의도는 없었고, 그 상황에 대해 유감으로 생각하고……."

"내가 안 죽였어요."

"알아, 알아. 부인은 일종의 방어 기제란다. 그럴 의도가 없었다는 생각이, 하지 않았다는 믿음으로 재해석되어 마음속에 각인되지. 그건 자연스러운 반응이란다, 제이슨. 깜빡하는 순간 저지른 일은 네 기억에서 완전히 지워지고 대신 절대로 안 했다는 확신만이 남은 거야."

"하지만 정말로 안 했어요."

"보렴, 아직도 부인하고 있잖아. 그건 이 순간 네가 택할 수 있는 최악의 방법이야. 넌 부인하고 싶은 욕망을 극복해야 해. 그럼 기회는 더 좋아질 수……"

"그게 어떤 기회죠?"

"너를 공격하는 논거를 최소화할 수 있는 기회지. 네가 유죄를 인정하면, 그때부터 변호가 시작될 수 있어. 사건에 대한 네 입장이 최대한 반영될 거다. 사람들도 네 입장에서 사건을 바라보고, 원래는 착한 아이니까 더 나은 대접을 받아야 한다고 생각할 거야. 그렇지 않을 경우에 벌어질 끔찍한 상황에 대해서는 다시 반복하고 싶지 않구나. 저 바깥의 세상, 친구들, 사람들은 지금 잔뜩 벼르고 있어. 하지만 네가 슬픔과 참회를 보여 준다면 그들도 마음을 바꿀 거란다."

소년의 두 눈가에 눈물이 작은 우물을 이루고 있었다.

트렌트는 난생처음으로 피의자의 눈을 바라보기가 어렵다고 생각했다. 그는 문 쪽으로 고개를 돌렸다. 브랙스턴이 문을 열고 들어와 마침내 살인자를 체포했으며 때문에 제이슨 도런트는 집에 가도 좋다고 해 주면 좋으련만. 그건 트렌트도 이 무거운 짐을 벗고 집에 갈 수 있다는 뜻이다. 아니, 그뿐이 아니다. 그건 이 불필요하고 나약한 동정심으로부터도 해방됨을 뜻했다. 동정심. 그래, 이건 동정심에 불과해.

그는 상념을 떨치고 다시 소년을 보았다. 여전히 순수한 모습 그대로지만, 그 태도는 테이프에 담기지 않을 것이다. 기록되는 건

오직 말뿐이다. 그는 결국 이 소년이 자백서에 서명하지 않을 것이며, 또 테이프에 담긴 자백도 증거로 인정받지 못할 거라는 사실도 알고 있었다. 하지만 지금은 그런 것들조차 관심 밖이다. 그가 이곳에 온 이유는 오직 하나, 이 아이의 자백을 받아 내는 것뿐이다. 오늘, 그것이 그의 임무이고 그가 하고자 하는 일이다. 트렌트가 테이프에 담아야 하는 말을 이 아이의 입에서 짜내는 것.

"들어 보렴."

아이가 고개를 갸웃했다. 두 눈은 트렌트에게 애원하고 있었다. 트렌트가 모든 답과 해결책을 알고 있기라도 한 듯한 눈빛이었다.

"침묵이 들리니, 제이슨? 저 밖 복도의 침묵이?"

"예."

꺼질 듯한 목소리.

"그건 아주 무시무시한 침묵이란다. 사람들이 분노를 감추고 기다리고 있다는 뜻이니까. 그 사람들은 누가 이 방을 떠나는지, 어린 소녀를 죽인 냉혈한의 괴물이 누구인지 보려고 저 밖에서 기다리고 있어. 하지만 그 괴물은 버젓이 가족이 있는 착한 아이일 수도 있단다. 지금껏 한 번도 곤란에 빠져 본 적도 없고, 전과도 없으며, 이 세상 누구나 저지를 수 있는 실수를 저지른 어린애 말이다. 사람들은 너를 응원할 거야. 하지만 네가 먼저 행동을 보여 줘야 해, 제이슨. 모든 게 너에게 달렸어."

트렌트는 소년의 눈에 담긴 절망을 보았다. 아이의 몸은 피로에 지쳐 있었다. 턱은 파르르 떨리고 양 볼엔 눈물이 흘러내렸다. 그는 성공이 임박했음을 감지하고 감미로운 전율을 느꼈다. 승리의 전율. 그 순간 다른 건 하나도 필요 없었다. 모든 의혹도 씻은 듯 사라졌다. 이것이야말로 그가 존재하는 이유이자 그가 이 세상에 태어난 이유다.

'그게 당신의 정체예요.'

아, 로티. 아, 세러.

오 분 후 소년은 트렌트가 원하는 말을 하기 시작했다.

기계는 부드러운 한숨을 내쉬며, 힘없고 상처받은 목소리를 기록하고 있었다.

# 3부

# 1

상징적이군. 트렌트는 책상을 가로질러 기어 오는 벌레, 검고 통통하고 반짝반짝 빛나는 벌레를 바라보며 생각했다. 어떤 종류의 벌레인지는 모르겠지만, 놈은 보고서에 다다라 표지 위로 기어오르더니 제목 위에 멈춰 서서 잠시 휴식을 취했다.

**트렌트 보고서**

**용의자: 도런트**

트렌트는 잡지를 무기처럼 돌돌 말았다. 그놈의 벌레를 한 방에 보내 버릴 참이다. 하지만 놈이 다시 움직이는 바람에 트렌트는 그저 책상 밖으로 쓸어 버리는데 만족해야 했다. 놈은 허공을 맴돌다가 똑바로 착지하더니 사무실 모퉁이로 황급히 달아나 버렸다.

그는 다시 보고서에 관심을 돌렸다. 물결무늬 표지의 보고서는 여느 때처럼 매혹적이었다. '트렌트 보고서. 용의자: 도런트.' 그는 표지를 들춰 보았다. 보고서는 간지러운 상처처럼 계속해서 손길을 불러들이고 있었다.

그는 종이에 적힌 단어들을 바라보았지만, 아무것도 읽어 낼 수가 없었다. 마치 해독 불가능한 상형문자라도 보는 기분이었다.

문득 마뉴먼트의 작은 취조실 생각이 났다. 소년과 세러 다운즈도 생각났다. 무엇보다 마뉴먼트 경찰 본부의 복도가 생각났다. 불신이 가득 찬 표정으로 의자에 멍하니 앉아 있는 아이를 등지고 방에서 빠져나왔을 때의 그 풍경.

복도 아래쪽 마지막 방에서 세러 다운즈가 나오고 있었다. 그녀는 곧바로 그를 알아보고 열정적인 미소를 지었다. 그는 문을 닫았다. 소년이 자신의 행위를 곰곰이 곱씹어 볼 시간을 주기 위해서였다. 그는 서둘러 다가오는 사라에게 씩 웃어 보였다. 사무적인 태도를 버린 그녀는 너무도 매혹적이었다.

트렌트는 그 감미로운 순간을 만끽하며 기다렸다. 손에는 카세트테이프가 들려 있었다. 낡고 뒤틀린 나무 바닥을 두들기는 하이힐 소리가 듣기 좋았다. 그녀는 다가오면서 호기심 어린 눈으로 힐끗 카세트를 엿보았다. 혹시 그 방에 도청 장치가 설치된 것은 아니겠지? 설마 소년의 자백과, 영원히 테이프에 갇힌 그의 목소리에 대해 알고 있는 건 아니겠지?

그녀는 그의 앞까지 와서 멈춰 섰다. 흐린 라일락 향기 틈새로

배어나는 아련한 땀 냄새가 그녀를 좀 더 친근하게 만들어 주었다. 그녀는 다시 테이프를 바라보며 굳은 표정을 지었다. 그녀의 이마에 살짝 주름이 졌다.

"내가 생각한 대로인가요?"

그녀가 물었다.

"그래요. 자백했고, 여기 테이프에 담겼지."

그는 흥분을 억눌렀다. 뜻밖의 짜릿한 흥분에 스스로도 놀라고 말았다.

그는 그녀에게 선물 건네듯 담배를 내밀었다.

"그럴 리가 없어요."

그녀가 고개를 저으며 말했다.

"하지만 사실이오."

"강제로 자백하게 만들었군요."

그건 질문이 아니라 단정이었다. 차가운 목소리. 아니, 그 이상이다. 그건 치명적인 고발이었다.

그는 대답하지 않았다. 본능적으로 일이 틀어졌음을 알 수 있었다.

"범인을 호송 중이에요. 그 얘기를 하러 온 거예요. 여자애의 오빠였죠. 친구들과 함께 있었다는 알리바이는 깨졌어요. 한 아이가 폭로하자 다른 아이도 포기했다더군요. 오빠의 자백도 받아 냈고요."

트렌트는 손에 든 카세트테이프를 내려다보았다.

그 순간 방문이 활짝 열리는 소리가 들렸다. 그가 돌아보았다.

세러도 보았다. 소년이 그곳에 서 있었다. 창백하고 비참한 모습의 아이. 귀신에 홀린 듯 초점이 풀린 눈, 땀에 젖어 누렇게 뜬 피부. 아이는 지금 막 십자가에서 끌어내린 듯 산산이 파괴되어 있었다.

그때 전화벨 소리가 트렌트를 다시 현실로 불러냈다. 그가 사무실 전화의 수화기를 들었다. 교환원 에피였다.

"안 받아요, 트렌트. 계속해 볼까요? 벌써 사흘째잖아요. 전화기를 꺼 놓은 게 분명해요."

그녀가 말했다. 목소리엔 더 이상 그 일을 하고 싶지 않다는 투정까지 섞여 나왔다.

사흘이든 한 달이든 답신이 있을 리 없었다. 세러 다운즈는 전화하지 않을 것이다. 상원 의원도 마찬가지다.

턱이 시큰거리기 시작했다. 통증이 오랜 원수처럼 제 존재를 주장하고 있었다.

"서장님과의 약속은 잊지 않으셨죠?"

에피가 말했다. 이번에는 갑자기 동정 어린 목소리.

그녀도 그게 어떤 모임인지 알고 있다는 얘기다. 직급만 그대로일 뿐 여러모로 보나 명백한 좌천. 아마도 자정부터 8시까지 심야 근무일 것이다. 특권 박탈, 취조권 박탈. 더 이상 취조 요청도 없으리라.

전화를 끊었지만 보고서는 여전히 그 자리에서 그를, 그가 펼쳐 주기를 기다리고 있었다. '트렌트 보고서. 용의자: 도런트.' 제이슨

도런트. 불쌍한 놈. 하지만 최소한 그 애는 아직 어리고 또 자유롭다. 호박 속에 갇히기라도 한 듯 시간에 사로잡히지도 얽매이지도 않았다. 저 수많은 사람들처럼. 그리고 나처럼.

'그게 당신의 정체예요.'

로티가 말했었다.

'하지만 지금은 그 정체마저 없어졌다오.'

# 2

더 이상 악몽을 꾸지 않게 된 건 일주일도 더 지나서였다. 그는 그 꿈들이 정말로 악몽이었는지 그냥 나쁜 꿈이었는지조차 확신할 수 없었다. 악몽이란 의식이 있는 채로 끔찍한 일을 당하는데 달아날 곳이 하나도 없는 꿈 같은 거라고 아빠는 말했다. 나쁜 꿈은 그냥 나쁜 꿈이다.

제이슨은 끔찍한 꿈을 꾸었지만 내용은 도무지 기억나지 않았다. 기억나는 거라곤 누군가, 아니면 무언가가 그를 쫓아오는데 달아날 수가 없었다는 막연한 느낌뿐이었다. 두 다리가 완전히 굳은 것 같기도, 그저 깊은 물속을 걷는 것 같기도 했다. 하지만 세세한 건 하나도 기억나지 않았다. 아니, 그 '세세하다'라는 단어조차 두렵기만 했다.

하지만 그를 정말로 두렵게 한 건 또 다른 느낌이었다. 그 느낌도 설명이 불가능하기는 마찬가지였다. 심지어 의사한테도 설명할 수가 없었다. 그건 바로 그가 이 세상에 다른 사람들과 함께 살고 있는 것이 아니라는 느낌이었다. 그를 이 세상과 집과 가족과 이어 주던 연결 고리는 사라지고, 그들의 문맥에서 추방당한 것 같은 느낌이었다.

'세세하다' 그리고 '문맥.' 끔찍한 단어들이다. 작은 취조실과 트렌트라는 사내를, 하지도 않은 일을 자백했던 그날의 기억을 불러왔기 때문이다.

하지만 그 생각은 하고 싶지 않다.

그 생각을 하고 싶었던가?

아니다. 그 생각은 하고 싶지 않다.

그래도 그 생각을 해야 한다.

그가 한 일. 아니, 하지 않았지만 실제로 했다고 자백한 일.

가끔 도움이 되기는 했지만 약을 먹고 싶지는 않았다. 약을 먹으면 귓속에서 웅 하는 소리가 들리고, 자기만 다른 세상에 속한 듯한 느낌이 더욱 심해졌다. 물론 그가 이곳에 속해 있다는 사실은 알고 있다. 여기 우리 집에, 혹은 집 앞 테라스에, 안뜰에. 그리고 다음 주부터는 이곳이 아닌 학교에. 모든 게 아련하건만 분명 꿈은 아니었다.

혼자 있고 싶지 않았다. 주위에 아무도 없을 때면 미칠 것만 같았다. 지금처럼 아빠는 직장에, 엄마는 YMCA에, 그리고 에마도 어딘가 가고 없을 때면. 걱정하지 마, 괜찮을 거야, 그렇지, 제이슨?

엄마는 걱정스러운 표정으로 그렇게 물었다. 요즘엔 늘 그런 표정이다. 괜찮아요. 걱정 마세요. 제이슨도 그렇게 대답했다. 엄마를 걱정시키고 싶지 않기 때문이다. 다른 사람이 걱정하는 게 싫기 때문이다. 끔찍한 일을 저지른 사람은 제이슨이고, 그 죄는 혼자서 안고 가야 하기 때문이다.

'난 아무 짓도 안 했어.'

'아냐, 했어.'

하지만 그는 자신이 했다고 자백한 그 일을 했을 리 없다. 트렌트 형사가 자백하게 만든 그 일.

그런데 정말로 하지 않았다면 트렌트가 어떻게 자백하게 만들 수 있었지? 결코 그런 일을 했을 리 없다. 절대로. 죽어도.

'죽어도?'

네가 했다고 말했다면, 그건 할 수도 있었다는 뜻이야. 어쩌면 그 끔찍한 일을 할 수도 있었을 거야. 네 마음 깊은 곳에선 분명 네가 할 수 있다는 사실을 알고 있었다는 거라고.

하지만 어떻게 그런 짓을 할 수 있지?

'어떻게'가 아니라 '왜'야.

좋아, 그러면 어떻게 그리고 왜 그런 짓을 하느냐고?

이봐, 넌 이미 할 수 있다고 말했어. 그런 짓은 죽어도 할 수 없으면서도 어린 얼리셔에게 그 짓을 했다고 했어. 아니, 실제로 누군가에게 그렇게 한 적도 있지 않아?

누구한테?

누구한테? 오, 이런, 보보 켈튼이지, 누구긴 누구겠어?

그래, 보보 켈튼.

봐, 넌 이미 그런 짓을 할 수 있다고 자백했어. 그런데 왜 진짜로는 안 하는 거지? 네가 할 수 있다는 걸 보여 줘. 그 방에서 네가 한 말이 정말로 옳았다고, 거짓말이 아니었다고.

결국 네가 거짓말하지 않았다는 사실을 그들에게 보여 줘.

하지만 어떻게 그런 짓을 할 수 있지?

엄마가 빨리 돌아왔으면 좋겠다. 아니면 에마라도. 아빠는 직장에 계시니까 올 수 없을 것이다. 집이 더웠다. 그는 더위에 대해 생각하지 않으려고 안간힘을 썼다. 며칠 전에는 집 창문을 모두 열기도 했다. 더워서가 아니라 질식할 것만 같아서. 창문이 몇 개가 열려 있었는데도 그랬다. 집에서 달아날 수도 없었다. 그러면 거리에 나가야 하는데 그것도 탐탁지 않았다. 그래서 집 안을 돌아다니면서 창문을 있는 대로 열어젖혔다. 다락뿐 아니라, 거미줄로 뒤덮인 더러운 지하실 창문까지 모두 열었다. 밖에 비가 내리고 바람이 불어, 열린 창으로 빗물이 들이치고 있다는 사실을 깨달은 건 나중에 엄마가 집에 돌아와서였다.

그래서 그는 더위를 모른 척하고 이제부터 뭘 할 것인지를 고민했다. 그가 뭘 할 수 있는지 보여 줄 참이다. 이번에는 하지 않은 일을 했다고 자백하는 대신 정말로 그 일을 해낼 것이다. 그러자 문득 보보 켈튼이 매일 체육관을 어슬렁거린다는 사실이 떠올랐다.

그놈은 지금도 여전히 으스대고 교활한 웃음을 흘린다.

제이슨은 시계를 보았다. 3시 십 분 전. 무더운 오후. 보보는 체육관에 있을 것이다. 그냥 그곳에 가서 기다리면 된다. 길 건너에서.

부드럽고 달콤한 전율이 온몸을 휘감았다. 그는 고개를 들고 그 느낌에 잠시 자신을 내맡겼다. 심장 속으로 신선한 바람이 불었다.

제이슨은 부엌으로 건너가 서랍에서 부엌칼 하나를 꺼냈다.

## 옮긴이의 말

『고백은 없다』는 『초콜릿 전쟁』으로 우리에게 익숙한 로버트 코마이어(1925~2000)의 유작이며, 나로서는 『텐더니스』 이후 두 번째 만남이다. 코마이어는 주로 학대, 정신 질환, 폭력, 복수, 배신, 음모 등 사회 병리적인 주제를 다루는 작가로서, 『고백은 없다』 역시 취조 전문의 베테랑 형사 트렌트가 사회성이 다소 부족한 열두 살 소년 제이슨 도런트를 심문하는 과정을 그려내, 사회가 무기력한 개인에게 가하는 정신적 폭행의 위험성을 경고하고 있다.

소설의 원제 'The Rag and Bone Shop' 즉 '고물상'은 20세기 초에 활동한 아일랜드 출신의 위대한 시인 예이츠(W. B. Yeats)의 시 「곡마단 동물들의 탈주 *The Circus Animals' Desertion*」에서 인용한 어휘로, '버림받은 자들의 무덤'을 상징한다. 고물을 주워 오는 넝마꾼들이나 그 고물을 다루는 사람들 또한, 그들이 취급하는 고물만큼이나 버려진 존재들일 수밖에 없는 곳……. 아마도 코마이어는 '고물상'으로 경찰서, 그중에도 특히 용의자들의 범죄 여부를 가려 내는 취조실을 상징하고 싶었을 것이다. 그런데 과연 고물상은 고물들을 받아 그 가치를 판별만 하는 곳일까? 멀쩡한 물건까지 들여와 고물로 만드는 곳은 아닐까? 코마이어는 이 작품에서 사회가 어떤 식으로 무고한 사람을 '고물'로 만들어 가는지를 얘기하고 싶었으리라.

코마이어는 두 가지 문제의식을 품고 그 이야기를 풀어 나간다. 첫 번째는, 행위가 어떤 식으로 존재를 규정하느냐 하는 문제다. 트렌트는 로티가 죽기 전에 한 말, "You are what you do."(본문에서는 "그게[당신이 하는 일이] 바로 당신의 정체예요.")를 거듭 떠올린다. 로티(또는 작가)의 이 문장이 뜻하는 바는 '우리가 하는 일'이 단지 직업으로 그치는 게 아니라, 우리의 본질을 규정하기도 한다는 것이다. 그리고 그녀의 단언은 트렌트가 무고한 아이에게 저지르지도 않은 죄를 실토하게 만드는 과정에서 진실로 드러난다. 이를 단순한 직업적 행위로 볼 수는 없기 때문이다. 게다가 트렌트는 결국 취조 형사 자격을 박탈당하는데, 이를 자신의 정체성에 대한 사형 선고로 받아들인다. "하지만 지금은 그 정체마저 없어졌다오."라고 스스로를 진단하며.

이렇듯 '행위'가 '존재'를 규정하는 양상은 제이슨 도런트의 경우 더욱 심각한 폐해를 낳는다. 그에게 '고백' 행위나 '보보 켈튼을 밀친' 행위 따위가 곧바로 그의 본질로 전이되기 때문이다.

이 문제와 깊이 얽혀 있으면서도 제이슨 도런트에게 보다 중요한 두 번째 문제는 바로 '고백'의 본질이다. 세러 다운즈는 트렌트를 사제에 비유하는데, 실제로 사제와 취조 형사는 죄인으로부터 하여금 악행을 '고백'하도록 이끈다는 점에서 동일하다. 사제가 죄를 사함으로써 재생의 기회를 열어 주려 한다는 차이는 있겠으나, 두 경우 모두 타인의 고백을 강제하고 죄의식을 강요한다는 점에서 동일하다. 또한 '고백'이 죄의식을 강요하고 그의 존재에 영향을 미칠 수밖에 없는 한, 코마이어에게 고백 성사소와 취조실은 모두 '고물상'에 진배없다. 결국 제이슨의 현실 감각이 심각하게 일그러진 것도 트렌트의 집요한 추궁과 스스로의 '거짓 자백' 때문이 아닌가.

> 넌 이미 그런 짓을 할 수 있다고 자백했어. 그런데 왜 진짜로 안 하는 거지? 네가 할 수 있다는 걸 보여 줘. 그 방에서 네가 한 말이 정말로 옳았다고. 거짓말이 아니었다고.
>
> 결국 네가 거짓말하지 않았다는 사실을 그들에게 보여 줘.

작가 로버트 코마이어는 다른 작품들과 마찬가지로 자신의 유작 『고백은 없다』에서도 해답보다 의문부호를 더 많이 그려 넣고 있다. 이를테면, '트렌트는 왜 예이츠의 시를 인용했으며, 작품의 본질을 드러내는 데 그 시구는 어떤 역할을 하는가?', '제이슨의 무죄를 확신하면서도 트렌트가 취조를 이어 가고 끝내 거짓 자백까지 이끌어 낸 이유는 무엇일까?' 등등의 의문이 남는다. 앞서 말했듯이, 코마이어는 이 작품에서 (존재가 행위를 규정하는 것이 아니라) 행위가 존재를 규정하며, (죄가 고백을 낳는 것인 아니라) 가톨릭적 고해가 죄의식을 낳는다는 것을 보여 줌으로써 기존의 의미 관계를 역전했다. 이 역전된 개념들로, 이 소설의 핵심어인 '죄' 혹은 '무죄', '용서' 등의 의미를 다시금 생각해 보는 것도 가치 있고 흥미로운 일이 될 것이다.

2012년 정월

남양주에서

조영학

블루픽션 59

**고백은 없다**

1판 1쇄 펴냄 2012년 2월 25일
1판 3쇄 펴냄 2019년 10월 3일

지은이 로버트 코마이어
옮긴이 조영학
펴낸이 박상희
편집장 박지은
편 집 장은혜
디자인 민혜원
펴낸곳 (주)비룡소
출판등록 1994.3.17(제16-849호)
주소 (06027) 서울시 강남구 도산대로1길 62 강남출판문화센터 4층
전화 영업 02)515-2000 · 편집 02)3443-4318,9
팩스 02)515-2007
홈페이지 www.bir.co.kr
제품명 어린이용 반양장 도서 제조자명 (주)비룡소 제조국명 대한민국 사용연령 3세 이상

ISBN 978-89-491-2316-5 44840
978-89-491-2053-9 (세트)

## | 블루픽션 시리즈

**1. 스켈리그** 데이비드 알몬드 글/ 김연수 옮김
안데르센 상, 엘리너 파전 문학상, 카네기 상, 휘트브레드 상, 마이클 L.프린츠 상,
어린이도서연구회 권장 도서, 책교실 권장 도서, 중앙독서교육 추천 도서

**2. 운하의 소녀** 티에리 르냉 글/ 조현실 옮김
소르시에르 상, 어린이도서연구회 권장 도서

**3. 내 이름은 미나** 데이비드 알몬드 글/ 김영진 옮김
안데르센 상, 엘리너 파전 문학상, 카네기 상, 휘트브레드 상, 마이클 L.프린츠 상

**4. 0에서 10까지 사랑의 편지** 수지 모건스턴 글/ 이정임 옮김
밀드레드 L. 배첼더 상, 어린이도서연구회 권장 도서

**5. 희망의 섬 78번지** 우리 오를레브 글/ 유혜경 옮김
안데르센 상 수상 작가, 밀드레드 L. 배첼더 상, 머더카이 상, 아침햇살 선정 좋은 어린이 책,
중앙독서교육 추천 도서, 책교실 권장 도서, 책따세 추천 도서

**6. 뤽스 극장의 연인** 자닌 테송 글/ 조현실 옮김
프랑스 '올해의 청소년 책', 소르시에르 상, 어린이도서연구회 권장 도서, 열린 어린이가 뽑은 좋은 책

**7. 전쟁이 끝나면 다시 만나** 제니퍼 암스트롱 외 글/ 임옥희 옮김
문화관광부 추천 도서

**9. 이매지너리 프렌드** 매튜 딕스 글/ 정회성 옮김

**10. 초콜릿 전쟁** 로버트 코마이어 글/ 안인희 옮김
미국 도서관 협회 선정 도서, 뉴욕타임스 선정 도서, 어린이도서연구회 권장 도서

**11. 전갈의 아이** 낸시 파머 글/ 백영미 옮김
뉴베리 상, 국제 도서 협회 선정 도서, 마이클 L. 프린츠 상, 책교실 권장 도서, 어린이도서연구회 권장 도서

**12. 내 안의 마녀** 마거릿 마이 글/ 햇살과나무꾼 옮김
카네기 상, 보스턴 글러브 혼 북 아너 상 수상작, 미국도서관협회 선정 최고의 청소년 책,
북리스트 선정 편집자 추천 도서, 스쿨라이브러리저널 선정 최고의 책

**13. 나의 산에서** 진 C. 조지 글/ 김원구 옮김
뉴베리 상, 미국 도서관 협회 선정 도서, 어린이도서연구회 권장 도서,
열린 어린이가 뽑은 좋은 책, 책교실 권장 도서

**14. 먼 산에서** 진 C. 조지 글/ 김원구 옮김

**17. 푸른 황무지** 데이비드 알몬드 글/ 김연수 옮김
안데르센 상, 엘리너 파전 문학상, 스마티즈 상, 마이클 L.프린츠 상, 어린이도서연구회 권장 도서

**18. 킬리만자로에서, 안녕** 이옥수 글

**19. 레모네이드 마마** 버지니아 외버 울프 글/ 김옥수 옮김

**20. 기억 전달자** 로이스 로리 글/ 장은수 옮김
뉴베리 상, 보스턴 글로브 혼 북 명예상, 어린이도서연구회 권장 도서,
열린 어린이가 뽑은 좋은 책, 교보문고 추천 도서

**21. 내 안의 또 다른 나 조지** E. L. 코닉스버그 글 · 그림/ 햇살과나무꾼 옮김
어린이도서연구회 권장 도서, 교보문고 추천 도서

**22. 내 인생의 스프링캠프** 정유정 글
세계청소년문학상, 문화관광부 교양 도서, 어린이도서연구회 권장 도서,
교보문고 추천 도서, 학도넷 추천 도서

**23. 줄무늬 파자마를 입은 소년** 존 보인 글/ 정회성 옮김
아일랜드 '오늘의 책', 행복한 아침독서 추천 도서, 교보문고 추천 도서

**24. 이상한 나라에 빠진 앨리스** 지은이 알 수 없음/ 이다희 옮김
고래가 숨쉬는 도서관 추천 도서, 교보문고 추천 도서

**25. 파랑 채집가** 로이스 로리 글/ 김옥수 옮김
어린이도서연구회 권장 도서

**26. 하이킹 걸즈** 김혜정 글
블루픽션상, 한국문화예술위원회 우수문학도서, 책따세 추천 도서, 학도넷 추천 도서

**27. 지구 아이** 최현주 글
제11회 블루픽션상 수상작

**28. 나는 브라질로 간다** 한정기 글
황금도깨비상 수상 작가, 소년조선일보 추천 도서, 중앙일보 추천 도서

**29. 키싱 마이 라이프** 이옥수 글
한국문화예술위원회 우수문학도서, 어린이도서연구회 권장 도서, 교보문고 추천 도서,
전국독서새물결모임 추천 도서, 학교도서관저널 추천 도서

**30. 꼴찌들이 떴다!** 양호문 글
블루픽션상, 행복한 아침독서 추천 도서, 교보문고 추천 도서, 책따세 추천 도서,
경기도학교도서관사서협의회 추천 도서, 중앙일보 북클럽 추천 도서

**31. 우연한 빵집** 김혜연 글

**32. 생쥐와 인간** 존 스타인벡 글/ 정영목 옮김
미국 도서관 협회 선정 도서, 국립어린이청소년도서관 추천 도서

**33. 두 개의 달 위를 걷다** 샤론 크리치 글/ 김영진 옮김
뉴베리 상, 미국 어린이 도서상, 스마티즈 북 상, 영국독서협회 상 수상작,
경기도학교도서관사서협의회 추천 도서, 학도넷 추천 도서

**34. 침묵의 카드 게임** E. L. 코닉스버그 글/ 햇살과나무꾼 옮김
스쿨 라이브러리 저널 선정 최고의 책, 에드거 앨런 포 상 노미네이트,
경기도학교도서관사서협의회 추천 도서, 아침독서 추천 도서

**35. 빅마우스 앤드 어글리걸** 조이스 캐럴 오츠 글/ 조영학 옮김
스쿨 라이브러리 저널 선정 최고의 책, 미국 도서관 협회 선정 최고의 청소년 책,
뉴욕 공립 도서관 추천 도서, 학교도서관저널 추천 도서

**36. 서쪽 마녀가 죽었다** 나시키 가오 글/ 김미란 옮김
소학관 문학상, 일본 아동문학가협회 신인상, 한국간행물윤리위원회 청소년 권장 도서,
어린이도서연구회 권장 도서, 아침독서 추천 도서, 책따세 추천 도서

**37. 닌자걸스** 김혜정 글
전국학교도서관담당교사모임 추천 도서, 아침독서 추천 도서

**38. 첫사랑의 이름** 아모스 오즈 글/ 정회성 옮김
안데르센 상, 제브 상

**39. 하니와 코코** 최상희 글
블루픽션상, 사계절문학상 수상 작가

**40. 파랑 치타가 달려간다** 박선희 글
제3회 블루픽션상 수상작, 학교도서관저널 추천 도서, 아침독서 추천 도서,
어린이도서연구회 권장 도서, 책따세 추천 도서, 문화체육관광부 우수교양도서

**41. 피그맨** 폴 진델 글/ 정회성 옮김
보스턴 글로브 혼 북 명예상, 뉴욕 타임스 선정 도서, 맥시 상,
미국 도서관 협회 선정 최고의 청소년 책, 국립어린이청소년도서관 추천 도서

**42. 어쩌자고 우린 열일곱** 이옥수 글
한국도서관협회 우수문학도서, 학교도서관저널 추천 도서

**43. 앉아 있는 악마** 김민경 글

**44. 최후의 Z** 로버트 C. 오브라이언 글/ 이진 옮김
뉴베리 상 수상 작가

**45. 스카일러가 19번지** 코닉스버그 글/ 햇살과나무꾼 옮김
뉴베리 상 2회 수상 작가, 학교도서관저널 추천 도서

**46. 줄리엣 클럽** 박선희 글
제3회 블루픽션상 수상 작가, 대한출판문화협회 선정 올해의 청소년 도서,
한국도서관협회 선정 우수문학도서

**47. 번데기 프로젝트** 이제미 글
제4회 블루픽션상 수상작

**48. 뚱보가 세상을 지배한다** K.L. 고잉 글/ 정회성 옮김
마이클 L. 프린츠 아너 상

**49. 파랑 피** 메리 E. 피어슨 글/ 황소연 옮김
미국학교도서관저널, 미국도서관협회 선정 청소년 분야 '최고의 책',
학교도서관저널 추천 도서, 책따세 추천 도서

**50. 판타스틱 걸** 김혜정 글
제1회 블루픽션상 수상 작가, 대한출판문화협회 선정 올해의 청소년 도서,
고래가 숨쉬는 도서관 선정 도서, 한국도서관협회 선정 우수문학도서,
경기도학교도서관사서협의회 추천 도서

**51. 어쨌거나 스무 살은 되고 싶지 않아** 조우리 글
제12회 블루픽션상 수상작

**52. 우리들의 짭조름한 여름날** 오채 글
마해송 문학상 수상 작가, 한국도서관협회 선정 우수문학도서,
국립어린이청소년도서관 추천 도서, 경기도학교도서관사서협의회 추천 도서,
2017 순천시 One City One Book 선정 도서

**53. 웰컴, 마이 퓨처** 양호문 글
제2회 블루픽션상 수상 작가, 대한출판문화협회 선정 올해의 청소년 도서,
경기도학교도서관사서협의회 추천 도서

**54. 초록 눈 프리키는 알고 있다** 조이스 캐럴 오츠 글/ 부희령 옮김
미국 내셔널북어워드, 오헨리 상 수상 작가, 경기도학교도서관사서협의회 추천 도서,
국립어린이청소년도서관 추천 도서

**55. 사람을 구하는 모퉁이 집** 도 판 란스트 글/ 김영진 옮김
독일 청소년 문학상 수상작, 경기도학교도서관사서협의회 추천 도서

**56. 메신저** 로이스 로리 글/ 조영학 옮김
뉴베리 상, 보스턴 글로브 혼 북 명예상 수상 작가, 경기도학교도서관사서협의회 추천 도서

**57. 아메데오의 보물** 코닉스버그 글/ 햇살과나무꾼 옮김
뉴베리 상 2회 수상 작가, 학교도서관저널 추천 도서

**59. 고백은 없다** 로버트 코마이어 글/ 조영학 옮김
전미 도서관 협회 선정 청소년을 위한 최고의 책,
퍼블리셔스 위클리 선정 최고의 책, 북리스트 편집자의 선택

**60. 아몬드 초콜릿 왈츠** 모리 에토 글/ 고향옥 옮김
나오키 상, 일본 고단샤 아동문학상 수상 작가

**61. 개 같은 날은 없다** 이옥수 글
2013 서울 관악의 책 , 목포시립도서관 추천 도서 , 울산남부도서관 올해의 책,
책따세 추천 도서, 한국간행물윤리위원회 청소년 권장 도서, 한국도서관협회 우수문학도서,
국립어린이청소년도서관 추천 도서

**62. 누가 내 칫솔에 머리카락 끼웠어?** 제리 스피넬리 글/ 이원경 옮김

**63. 명탐정의 아들** 최상희 글
제5회 블루픽션상 수상 작가, 문화체육관광부 우수교양도서

**64. 갈까마귀의 여름** 데이비드 알몬드 글/ 정회성 옮김
안데르센 상, 엘리너 파전 문학상, 카네기 상, 휘트브레드 상 수상 작가

**65. 파랑의 기억** 메리 E. 피어슨 글/ 황소연 옮김

**66. 천 개의 언덕** 한나 얀젠 글/ 박종대 옮김

**67. 하필이면 왕눈이 아저씨** 앤 파인 글/ 햇살과나무꾼 옮김
카네기 메달, 가디언 어린이 픽션 상

**68. 반드시 다시 돌아온다** 박하령 글
제10회 블루픽션상 수상작, 학교도서관저널 추천 도서, 세종도서 문학나눔 선정 도서

**69. 원더랜드 대모험** 이진 글
제6회 블루픽션상 수상작, 국립어린이청소년도서관 추천 도서, 아침독서 추천 도서

**70. 나는 일어나, 날개를 펴고, 날아올랐다** 조이스 캐럴 오츠 글/ 황소연 옮김
미국 내셔널북어워드, 오헨리 상 수상 작가

**71. 칸트의 집** 최상희 글

제5회 블루픽션상 수상 작가, 아침독서 추천 도서, 세종도서 문학나눔 선정 도서

**72. 태양의 아들** 로이스 로리 글/ 조영학 옮김

뉴베리 상, 보스턴 글로브 혼 북 명예상 수상 작가

**73. 마법의 꽃** 정연철 글

푸른문학상 수상 작가, 세종도서 문학나눔 선정 도서, 학교도서관저널 추천 도서

**74. 파라나** 이옥수 글

학교도서관저널 추천 도서, 사계절문학상 수상 작가, 책따세 추천 도서, 국립어린이청소년도서관 추천 도서, 세종도서 문학나눔 선정 도서, 아침독서 추천 도서

**75. 그 여름, 트라이앵글** 오채 글

마해송 문학상 수상 작가, 국립어린이청소년도서관 추천 도서, 아침독서 추천 도서

**76. 밀레니얼 칠드런** 장은선 글

제8회 블루픽션상 수상작, 학교도서관저널 추천 도서, 아침독서 추천 도서

**77. 아르주만드 뷰티 살롱** 이진 글

블루픽션상 수상작가, 한국출판문화진흥원 우수 콘텐츠 제작 지원 당선작

**78. 굿바이 조선** 김소연 글

⊙ 계속 출간됩니다.